시골살이, 모든 삶이
기적인 것처럼

시골살이, 모든 삶이
기적인 것처럼

박중기 지음

귀촌과 심플라이프를 꿈꾸다

소동

Tree House

도시와 시골 사이에는 작은 차이가 존재합니다.
그 작은 차이 때문에 귀농, 귀촌을 한 뒤
기쁨과 희열 속에 살 수도 있고
갈등과 슬픔 속에서 좌절할 수도 있습니다.
귀촌을 결심한 또는 꿈꾸는 이가 있다면
시골의 빛과 그림자를 잘 살펴볼 필요가 있습니다.
도시를 떠나 20년 넘게 시골에서 산 제 과정 속에서
이 '작은 차이'를 발견하면 좋겠습니다.
그래서 행복했으면 좋겠습니다.

박중기

그래서
여기 살고있습니다

안녕하세요. 저는 늙은이입니다. 몇 해 전만 해도 스스로 중늙은이라고 했지만 이젠 정말 늙은이입니다. 2001년에 산골짜기로 이주해서, 20년이 넘게 이곳에서 살고 있습니다.

제가 여기, 시골에 살게 된 계기는 불현듯 들었던 다급한 마음 때문입니다. 젊은 시절을 거쳐 50이라는 나이에 이르자, '인간은 누구나 죽는다. 그것은 진실이다' 라는 말이 예사로이 들리지 않았습니다. 살아가는 과정에서 어이없는 짓을 한 뒤 자기모멸에 빠지기도 했고 작은 성취에 희희낙락할 때도 있었습니다. 또, 난감한 짓을 벌여 한심한 일상을 보내기도 하고, 머리를 쥐어뜯을 만큼 끓어오르는 열정에 전부를 거는 시기도 있었습니다. 그러다 문득 고개를 들어 주변을 돌아보니 저는 제가 사는 세상이 너무도 남루하게 보였습니다.

어느 날, 지하철에서 서서 자리에 앉은 이들을 무심코 내려다보다가 흠칫 놀라고 말았습니다. 모두들 검은 머리에 검은색 옷을 입고서 고개를 처박고 휴대폰을 들여다보고 있었습니다. 한 사람도 빠짐없이. 그 모습은 마치 커다란 관 속에 갇혀 단체로 저승사자에게 끌려가는 망자들 같았습니다. 저는 다음 역에 내려 찬찬히 사람들을 살폈습니다. 작은 충격을 받았던 탓에 눈이 잘못된 것인지 지나가는 사람들이 눈의 초점을 잃고 허둥대며 어디론가 쫓기듯 걸음을 옮기고 있는 것처럼 보였습니다. 마치 좀비들의 행진 같았습니다.

왜 그런 기분이 들었는지 이유는 잘 모르겠습니다. 아마도 제 내부에서 조금씩 쌓이고 쌓여 끓어오르던 도시에 대한 혐오가 스물스물 온몸을 기어 다니다가 마침내 분출된 날이 아니었던가 합니다.

그날 이후로 저는 '탈출'을 결심했습니다. 여기서 탈출하지 않으면 좀비가 될 것만 같았습니다. 아니, 이미 좀비가 됐는데 몰랐던 게 아닐까 하는 염려도 들었습니다. 그러자 자연스럽게 시골행이 머릿속에 떠올랐습니다. 시골로 떠난다고 좀비를 면할 수 있을지는 확실하지 않지만 일단 그렇게 해보자고 결론지었습니다. 제가 빠른 시간에 시골행을 결정한 이유는 그곳에서는 최소한의 품위를 지키며 살 수 있었을 것 같았기 때문입니다.

'품위라는 게 무엇일까?' 하는 고민을 한 적이 있습니다. 딱 잘라 정의 내리기에는 모호하고, 추상적인 개념 같았습니다. 그래서 저는 거창한 화두에 너무 괘념치 말고 그냥 죄짓지 않고, 거짓말하지 말고, 담백하게 살아가는 것이 품위라고 생각하기로 했습니다. 그렇다고 헨리 데이빗 소로우나 스콧 니어링 같은 이들처럼 살 자신은 없었습니다. 다만 그들이 지녔던 품성이나 감성, 그리고 이성을 반추하면서 시간을 보내고 싶었습니다.

도시에서는 그렇게 살기가 불가능해 보였습니다. 저는 도시의 많은 것들에 예민했습니다. 도시의 뒷골목, 술집과 오락실, 노래방, 건물을 뒤덮은 간판, 뒷골목을 차지하고 있는 숙박업소, 지하철 벽면을 장식한 병원 홍보물, 도심의 반을 차지하고 있는 아파트 등을 볼 때마다 몸서리

쳤기 때문입니다. 그런 것들이 덜한 곳으로 몸을 옮겨야
겠다는 계획을 세웠습니다.

　일부러 조성한 전원마을이나 시골 흉내만 낸 근교가 아
닌, 도시와 뚝 떨어진 산골마을에 살면서 제 계획은 어느
정도 성공했습니다. 예민한 감성을 자극하는 것으로부터
멀어졌고, 평정을 되찾았으니까요. 그렇지만 예상하지 못
한 다른 것이 가까워지기 시작했습니다. 도시에서는 별로
느끼지 못했던 주변의 배타적 정서, 모든 것이 정지된 것
같은 풍경, 소소하지만 무시할 수는 없는 외로움과 소외
감, 절대 고독을 느끼게 하는 연로한 이웃 들이 일상으로
다가왔습니다.

　하지만 사람이 살아가는 어디에도 완벽이란 게 없으니
결국은 선택의 문제입니다. 도시 생활과 비교해보면 저는
지금이 훨씬 좋습니다.

　시골에 살면서 저는 품위를 찾는 데 성공 했을까요? 여
기 와서 과거를 돌아보니 제가 착각했던 사실이 있었습니
다. 저는 앞서 말했던 도시의 단편들이 마치 제가 걸치고
살았던 외투 같았습니다. 그 구질구질한 외투가 싫어 벗어
던지기로 결심하고 이제껏 살아온 장소와 전혀 다른 환경

에서 지내게 됐습니다. 그런데 시골에 오고 보니 그 외투와는 절연했지만 다른 외투를 입고 있는 저를 발견했습니다. 다행히 지금의 외투가 더 편합니다. 쓸데없이 두터운 외투보다는 깔끔하고 가벼운 외투가 훨씬 마음에 듭니다.

제가 이곳에 와서 새로 깨달은 점은 제가 추구하고자 했던 것이 품위가 아니고 그냥 외투였다는 사실입니다. 걸치면 불편하고, 메스껍고, 왠지 찝찝한 외투를 벗어 던지고 새 외투를 입은 것이지 품위가 새로이 제 곁에 도래한 것은 아니었습니다.

정신적인 여유를 가질 수 있다는 점은 시골살이의 가장 큰 장점입니다. 시골은 도시와 다른 시간이 흐릅니다. 아시다시피 도시에서의 시간은 무척 빠르게 흘러갑니다. 사람들은 분주하고 이동수단을 따라 쫓기듯 움직입니다. 간혹 대도시에 갔을 때마다 저는 치도곤으로 얻어맞은 것 같은 기분으로 돌아옵니다. 급행열차의 꽁무니에 올라타 거센 바람을 흠씬 맞다 온 것만 같습니다. 시골에서는 그런 기분을 느끼기 힘듭니다. 도시보다 시간이 열 배쯤 길게 느껴지기 때문입니다.

공간 역시 그렇습니다. 짜여진 도로망과 건물 들의 숲속인 도시의 정형화된 동선과 다르게 시골의 공간은 정해진 틀이 없습니다. 이동할 때도 탁 트인 넓은 길을 여유 있게 돌아다닐 수 있고 시야 역시 막힌 곳이 없어 멀리까지 훤히 볼 수 있습니다. 인구 밀도가 현저히 낮으니 가능한 일입니다. 가끔은 그 밀도 낮은 공간이 사람을 외롭게도 만들지만요.

도시에서 살 때는 하늘을 올려다본 일이 별로 없었습니다. 하지만 시골에서는 하늘을, 노을을 눈에 가득 담는 일이 흔합니다. 그래서 자신을 돌아다볼 일도 많습니다. 성찰이라는 거창한 말을 붙이지 않아도 됩니다. 시골에서는 흔한 일이기 때문입니다.

공동체 의식을 갖게 된 것도 시골에 와서 얻게 된 소득입니다. 제각기 다른 개성을 가진 사람들과 비슷한 생각, 비슷한 생활 방식, 비슷한 가치관을 공유하며 연대하는 일은 무척이나 즐겁습니다. 시골생활을 하는 이들과 교류를 하다 보면, 도시생활은 마치 먼 외계의 영역 같습니다. 코로나19도 산골짜기 사람들에게는 별 감흥 없는 팬데믹입니다. TV 속에서 도시 사람들이 모두 마스크를 착용하고 선별 진료소에 줄지어 서 있는 광경은 참 생경하고도 괴이했습니다.

아인슈타인은 이런 말을 했다더군요.

"인생을 사는 방법은 딱 두 가지가 있습니다. 하나는 기적이 없는 것처럼 사는 것이고, 다른 하나는 모든 것이 기적인 것처럼 사는 것입니다."

시골에선 '모든 것이 기적인 것처럼' 살 수 있습니다. 그래서 여기 살고 있습니다.

1장

도시 탈출, 시골 안착

저지른 이유

50년 정도 소금에 절인 고등어처럼 살다 보니 도시생활에 신물이 났습니다. 그럴 때마다 처참한 기분으로 '어떻게 하면 이 진창을 벗어날까?' 하고 고민했습니다. 이 도시가 몸에 맞는 분들도 있겠지만 많은 분들이 이른바 전원생활을 꿈꿉니다. 전원생활이라는 단어만 들어도 그냥 근사하게 느껴지고 머릿속이 아련해지면서 기분이 좋아집니다. 나이 50이 넘으면 대개 한번쯤은 귀촌에 관심을 기울이는 까닭입니다.

TV를 켜면 귀촌, 귀농자 들의 이야기를 볼 수 있습니다. 어떤 이는 자동차를 개조해 산과 들, 바다를 누비고 다닙니다. 또 어떤 이는 산중에 깊숙이 들어가 움막 같은 집을 짓고 '자연인'이라는 이름으로 방송에 출연하기도 합니다.

우리는 왜 귀촌에 관심을 가지는 걸까요? 인간의 역사가 문명과 더불어 살아왔던 세월에 비해 그렇지 않았던 세월이 턱없이 길어서 반 문명에 대한 향수가, 또는 유전적 대물림이 생리적으로 깊게 남아 있는 걸까요?

그렇지만 대개는 떠나고 싶다는 마음뿐입니다. 상념을 실행에 옮기기는 그리 쉽지 않습니다. 경제적인 문제도 있겠고, 자식 문제가 족쇄이기도 하고, "어림없어!" 하며 으름장을 놓는 배우자와의 의견 충돌 문제도 있습니다. 그렇지만 사실 가장 큰 이유는 귀촌생활을 잘 해낼 수 있을지에 대한 두려움입니다. "이제까지 모은 돈으로 생활할 수 있을까?" "점점 늙어가고 병도 들 텐데 도시를 떠나면 적절한 양질의 치료를 받을 수 있을까" 이런 염려가 드는 건 당연합니다. 도시생활을 하다 보면 주변 지인과, TV에게서 꽤 친절한 협박을 지속적으로 받기 때문입니다. "넌 언젠가 빌어먹을 병이 생길 거야! 보험을 들어둬야 해!" "몸에 좋은 온갖 것들이 있으니 먹어 둬" "언젠가 자동차에 엉치뼈가 어스러질지 모르니 조심해!" 등의 협박 말입니다. 그래서 도시를 떠나고 싶다는 생각만 해도 이 모든 친절하고 사려 깊은 보호막으로부터 멀어질 거라는 두려움에 움찔합니다.

문화적 결핍도 염려합니다. 이런 경우는 그나마 좀 사치스러운 걱정이긴 하지만 진지합니다. 적어도 한 해에 몇 번은 연극도 보고, 이런저런 연주회에 서너 번 가기도 하며, 영화 관람, 전시회에도 다니곤 했는데 시골에서 생활하면 이런 문화 혜택에서 멀어지는 것은 아닌지 염려합니다. 또, 가까운 이웃이나 친지, 친구 들과의 멀어짐도 걱정입니다. 이밖에도 개인별 성향에 따라 다양한 걱정을 하겠지요.

또한 귀촌을 고민하는 많은 사람들이 새로운 생활에 적응하지 못하거나 싫증이 나서 원래 생활을 사무치게 그리워하며 후회하지 않을지 걱정합니다. 그렇게 된다면 경제적 손실도 생길 것이고 무엇보다 스스로에게 실망할 것이기 때문입니다. 떠나온 곳의 친구에게 비웃음을 사지 않을까 염려하는 사람도 있습니다. 무엇이든, 염려의 기저에는 오랜 도시생활에서 벗어나는 것에 대한 두려움이 가장 크게 깔려 있습니다.

저 역시 그런 두려움에서 자유롭진 않았습니다. 하지

만 '도시 탈출'의 고집스런 염원이 두려움을 압도했습니다. 저질러 결행한 저의 성정은 제 개인의 것이고, 도시 탈출을 결행하는 다른 이들 중에는 저와 같은 이유만 있는 것은 아닐 테지요.

아무튼 저는 50살에 저질렀습니다. '저지른' 이유는 지극히 현실적인 원인에 기인한 것이었습니다. 거주지가 도시 중심에 있어 유흥가와 가까웠고, 직장생활을 하면서 잦은 회식, 손님 접대, 친목 도모 따위의 명분으로 온갖 주점, 노래방, 일식집, 고기 집 등을 출입했습니다. 처음엔 불편하고 힘들었고 나중엔 혐오감이 들기 시작했습니다. 이 혐오감이 조금씩 쌓여서 길거리 주점의 간판과 현란한 네온사인, 원색의 간판이 마치 얼굴의 추한 부스럼처럼 보였습니다. 저는 그런 생활을 면도날로 끈을 자르듯 깨끗이 잘라내고 싶었습니다. 칼 같이 퇴근해서 귀가해 취미 활동을 하거나 처자식과 더불어 안온한 저녁을 보내야겠다는 건 아니었습니다. 당시 우리의 알량한 남성 세계는 그런 낭만이 여유 있게 구가됐던 시절이 아니었으니까요.

또 하나의 이유는 시골생활에 대한 열망입니다. 저에게는 어릴 적 지냈던 외가에 대한 향수가 있었습니다. 초

등학교와 중학교의 여름이면 저는 경남 통영의 작은 농촌 마을에 있던 외가로 가서 방학을 보냈습니다. 담벼락 너머의 논에서 벼꽃이 피고 이삭이 맺힐 때쯤 뿜어져 나오는 독특한 냄새를 지금도 기억합니다. 벼가 다수확 품종으로 바뀐 탓에 요즘 논에서는 너무 희미해서 쉽게 맡을 수 없는 냄새입니다. 동네 꼬마들과 함께 논에서 벼메뚜기를 잡아오면 외숙모는 목덜미가 풀줄기에 꿰인 메뚜기들을 받아 저녁 짓던 아궁이의 불씨를 끌어내 구워주셨습니다. 그 고소한 냄새는 제겐 잊을 수 없는 향수입니다. 시골의 냄새, 메뚜기 구운 냄새와 소죽 냄새, 볏단 냄새는 제게 늘 그리움으로 남아 있었습니다.

오랜 직장 생활 중 지방 소도시로 출장을 갈 기회가 많았습니다. 한곳에 머무는 것이 아니라 시골의 논과 밭, 들녘, 산지 등을 많이 돌아 다니는 출장이었습니다. 그때 시골 소읍을 구석구석 다니면서 노동하는 사람들을 많이 봤습니다. 한여름 논에서 피를 뽑는 이들, 봄의 나른한 들판에서 씨를 뿌리고 모종을 심는 이들, 밭에서 잡초를 제거하는 여성들, 6월의 땡볕에서 호미질하는 이들, 양파 자루를 트럭에 힘겹게 쌓는 이들……. 그들을 볼 때마다 묘한 감정을 느꼈습니다. "내가 하고 있는 이 일이 저들

보다 가치 있는 일일까?" 하는 의문이 자꾸만 고개를 들었습니다.

대기업에서 일하며 생산보다는 운영 또는 감시 쪽이었던 업무에 간혹 회의가 들어 피로했습니다. 제가 사무실에서 자판을 두드리거나, 무슨 조사를 하는 일이 밭에서 호미질을 하는 일에 비해 그리 가치 있게 여겨지지 않았습니다. 누군가 말하기를 머리를 써서 하는 일보다 손발을 써서 하는 일이 더 값지다고 했는데 그 말의 옳고 그름보다 그 말 자체가 자꾸만 매력적으로 다가왔던 것입니다.

그래, 이제 머리로 하는 일에서 벗어나 손발로 하는 일을 해 보자. 땡볕에 밭에서 일하는 이들을 보며 느꼈던 왠지 모를 미안함에서 벗어나 보자. 그런 생각이 들었습니다. 아무런 제약과 방해, 그리고 소음 없이 마음껏 책을 읽고 싶은 소망도 한몫했습니다.

반복되는 일상과의 이별도 절실히 필요했습니다. 직장생활의 반복되는 업무가 지겨웠습니다. 동료와의 사적 모임이나 만남에서마저도 직장 내 이슈나 상사에 대한 평가, 뒷담화 같은 이야기만 반복되는 것이 싫었습니다. 행동과 대화의 반경이 언제나 직장 내에 한정되어 있는 것이 숨막혔습니다. 겨우 화제를 돌려 세상사를 이야기하다가도 얼마 못가 다시 사내 이야기로 돌아갑니다. 회사에서 일했으면 밖에 나와선 다른 이야기를 하고 싶은 사람은 저 혼자인 것 같았습니다. 언젠가 중간 간부가 됐을 때 회식 때 회사 이야기를 삼가도록 강요해 보기도 했습니다. 그렇지만 뜻대로 잘 되지는 않았습니다.

벗어나고 싶었습니다. 다른 세계에 대한 동경은 점점 커져갔습니다. 세상의 한쪽 면만 보고 다른 세계를 모르고 지나치면 얼마나 억울할까 하는 막연한 초조함이 들었습니다. 새로운 세계와 더불어 새로운 생각, 새로운 말을 듣고 싶었습니다.

스콧 니어링을 접한 까닭도 있습니다. 스콧 니어링과 그의 부인 헬렌 니어링은 생태주의자와 자연주의자 들의 열렬한 지지를 받는 미국인입니다. 제가 탐탁지 않게 여기는 미국인이라는 게 흠이지만 그들은 귀농인들의 바이블인 《조화로운 삶Living the Good Life》의 저자입니다.

스콧 니어링은 사회주의자로 미국 주류 사회에서 배척을 받고 교수직을 뺏긴 후 아내와 함께 산골로 들어가 자급자족의 삶을 꾸립니다. 굳건히 자기 세계를 확립하며 살다가 100세가 되던 해에 스스로 곡기를 끊고 생을 마감합니다. 저는 그의 삶의 방식에 매료됐습니다. 스콧 니어링은 산골에 뿌리를 내리면서 돌집을 짓고 돌담을 쌓았는데, 그처럼 돌집에 살지는 못해도 그의 농사법을 흉내는 내고 싶었습니다. 스콧 니어링은 우리식으로 말하자면 굉장히 꼼꼼한 성격인데(농사일이나 집 짓는 일, 연장 다루는 일 등에서) 저 역시 그런 일면이 있습니다. 그래서 그와 비슷한 형태로 살 수 있을 것 같은 자신이 있었습니다.

아내도 시골행에 그리 부정적이지 않았습니다.

"당신이 원한다면 가보지 뭐."

덕분에 도시 탈출, 시골행에 대한 부부 간 갈등은 없었습니다. 활동적이고 호기심 많은 저와 한자리에 오랫동안 머물러도 별 동요가 없는 아내는 기질적으로 많이 다르지만 귀촌에 대한 의견은 두 사람 모두 긍정적이었습니다. 많은 이들이 이 부분에서 제동이 걸리는 경우가 많은데 저는 운이 좋았습니다.

부부간 친밀도에 관한 노파심

귀촌을 결심하거나 고려하는 연령은 개인차가 있으나 대개 50대에서 70대 사이의 중, 노년층입니다. 결혼을 했다면 결혼 생활을 시작한지 20년을 넘긴 부부가 많습니다. 여러 고비를 함께 헤쳐 오며 관계가 돈독해진 부부도 있겠고, 서로를 따뜻하게 배려하고 존중하는 태도를 이어가며 정을 품고 살아가는 부부도 있겠지요.

시골은 부부생활에 상반되는 두 가지를 제공합니다. 하나는, 비교적 고립된 환경에서 오는 상호의존적 상황입니다. 이 경우 부부가 좋은 하모니를 이뤄 더욱 굳건하고 확고한 연대감을 가질 수 있습니다.

또 다른 하나는 시골이라는 환경에서 오는 갑갑함과 소소한 갈등으로 다툼이 잦아지는 상황입니다. 이 경우 부부가 서로에게 적대감을 느끼고 감정의 찌꺼기가 쌓여 우울증이 올 수도 있습니다. 마침내 돌이킬 수 없는 지경으로 치닫게 되면 관계가 깨지기도 합니다. 부부 사이의 불화는 도시에서도 똑같이 발생하지만 시골의 경우 그 진행 속도가 훨씬 빠를 수 있습니다. 시골은 도시와 달리 '탈출구'가 별로 없기 때문입니다. 탈출구라 함은 개개인의 품성과 이성이 될 수도, 유흥과 여가 활동이 될 수도, 근처의 친구나 피붙이가 될 수도 있습니다. 시골의 환경은 오롯이 혼자 감내해야 할 경우가 많습니다. 내공이 없으면 힘들지요.

귀촌생활을 시작하기 전에 배우자를 차분하고 냉정히 점검해 보는 것이 중요합니다. 기꺼이 상대를 배려할 자세가 돼 있는

지, 일상의 소소하고 잡다한 노동에 언제든 참여할 준비가 돼 있는지, 평소 부부생활에서 태도가 어땠는지 확인해야 합니다. 물론 자신을 돌아보고 점검하는 일이 먼저입니다. 왜 이런 노파심을 가지냐면, 시골에서 도시와 같은 가부장제 역할을 고수하다 보면 갈등이 더 빠르게 생길 수 있기 때문입니다.

시골은 계절마다 해야 하는 일이 뚜렷하게 나누어집니다. 이른 봄과 겨울의 경우에는 작업이 거의 없습니다. 그러나 집안일은 계절과 상관없이 계속 됩니다. 가부장적 논리로 일을 분담하면 집안일을 맡은 여성만 불만이 쌓일 수밖에 없는 구조입니다. 은퇴 후에 흔히 발생하는 부부 간의 다툼과 비슷한 맥락입니다. 그러나 고립된 환경인 시골에서는 훨씬 빠르게 문제에 봉착하며 심각한 상황으로 발전됩니다.

서로에 대한 배려가 절대 필요한 곳이 시골입니다. 자신과 배우자의 마음가짐을 점검해 보고 상호 배려 가능 점수가 평균 이하라고 느껴진다면 시골행은 포기하는 것이 좋습니다.

시골행 준비

시골행의 결행을 위해 직장을 사직했습니다. 당시 직장에서 흔한 이벤트이던 구조 조정으로 나온 것은 아니고 명예 퇴직 신청을 했습니다. 직원들이 열어준 송별연에서 저는 이렇게 말했습니다.

"영화 쇼생크 탈출을 보셨습니까? 주인공은 자신이 갇힌 감방의 벽을 뚫고 오물관을 기어 나와 비가 쏟아지는 개울로 탈출에 성공해 하늘을 향해 두 팔을 치켜들고 환호합니다. 지금의 제가 그런 기분입니다."

솔직하게 털어놓은 제 이야기에 직원들은 '아니, 그러면 우린 교도소에 갇혀 있다는 거야 뭐야!' 하고 생각했을지 모릅니다. 괜히 송별연에 왔다고 말한 사람이 있을지 모르지만, 그땐 그런 동료의 기분을 헤아리지 못할 만큼 들떠 있었습니다.

27년의 직장생활을 끝낸 날 저는 혼자 자동차를 몰아 교외로 빠져나갔습니다. 기고만장해서 들판을 달렸던 그때의 기분을 지금도 잊지 못합니다. 살고 있던 아파트를 팔고, 퇴직금과 약간의 저축금으로 산골에서 검소하게 살아간다면 큰 어려움은 없을 거라고 계산했습니다. 아이 하나는 막 결혼했고, 한 녀석은 제 스스로의 힘으로 일본에 유학을 간 상황이라 당장 문제가 될 일은 없었습니다. 사실 저는 스무 살이 넘으면 제 살길은 제 스스로 찾아야한다는 다소 한국적이지 못한 입장을 취하고 있었기 때문에 자식 문제가 걸림돌이 될 일은 없었습니다. 인정머리 없는 부모라 여길 수도 있지만 그렇게 실천하는 것이 아이에게도, 제게도 좋은 거라고 믿었습니다. 자식에게 끝없이 간섭하고 서른이 넘도록 가슴에 품고 사는 이들이 넘치는 우리 사회가 못마땅했으므로 남들의 눈치는 보지 않았습니다.

시골에서 살기 위해 본격적으로 토지 매입을 준비했습

니다. 재직 중에 경남 일대를 출장 다니며 지방마다 각기 다른 분위기를 맛보았지만 특별한 감흥을 주는 곳은 그리 많지 않았습니다.

그러다 하동과 남해, 거제, 함양이 눈에 들어왔습니다. 시골로 이주를 결심하고 그 고장들을 차례로 둘러봤습니다. 먼저 가장 호감이 갔던 하동을 알아봤는데 두 가지가 걸렸습니다. 하나는 땅값이 너무 비쌌고, 다른 하나는 다른 지역과의 접근성이 좀 취약했습니다. 기후와 풍광이 마음에 들었지만 하동을 포기했습니다. 남해와 거제는 마음이 가는 곳은 이미 외지인의 소유가 된 곳이 태반이었습니다. 하동과 마찬가지로 땅값도 비싸고 다른 지역과의 접근성도 문제였습니다. 돌아다니기를 좋아하는 제게는 접근성이 중요했습니다만 그렇지 않는 이들에게는 좋은 곳 같았습니다. 20년이 지난 지금 되돌아 보면 남해와 거제는 관광지로 변한 곳이 많아 그때 무리하게 땅을 샀다면 시세 차익을 많이 남겼을 것입니다. 하지만 재물 모으기에 소질도 없고 재테크에도 그다지 흥미가 없는 저에게 남해와 거제는 적당하지 않은 지역이었습니다.

몇몇 땅을 보던 중 후배가 고향 마을을 추천해 땅을 보러 갔습니다. 눈이 많이 내린 겨울날이었습니다. 꽤 깊은 계곡을 낀 골짜기 한복판은 눈이 쌓여 설국을 연상시켰습니다. 초목이 우거진 철이 아니라서 그 땅과 주변 지형이 선명하게 드러났습니다. 땅을 파악하기에는 겨울이 더 유리하다는 사실을 깨달았습니다. 도시에서는 별로 해당되지 않는 이야기겠지요. 이 지역은 앞서 언급한 고장들에 비해 땅값이 비교적 저렴했고, 무엇보다 다른 지역과의 접근성이 굉장히 좋았습니다. 그곳이 지금 살고 있는 경남 함양입니다.

50년을 보낸 부산은 다른 지역과의 접근성이 지독히 좋지 않는 곳이었습니다. 아시다시피 동남쪽 끝에 있어 서울은 물론 전남의 광주, 충청도의 서해안, 강원도의 동해안 콕 집어 말할 것 없이 어느 고장과도 먼 곳입니다. 그렇지만 함양은 서부 경남 내륙의 중앙에 있고 동서와 남북을 연결하는 고속도로 두 개가 교차하므로 사통팔달의 지역입니다. 내륙 깊숙이 자리해 전에는 어느 정도 폐쇄성이 있었다고 들었지만, 이미 그런 것은 없어진 지 오래였습니다. 처음 이주했을 때도 폐쇄성이나 보수적 풍토를 느끼긴 했지만, 지금은 정치적 성향만 보수적이지 다른 측면은 다른 곳과 별반 다르지 않습니다.

집을 짓기 전 전국귀농운동본부에서 주관하는 귀농 교육을 다녀왔습니다. 일주일 간의 짧은 교육이었지만 이제까지의 삶을 심각하게 돌이켜보는 기회였습니다. 얼마나 한심하게 살아 왔는지, 얼마나 어이없이 살아 왔는지 밤마다 이부자리에 들며 자책했습니다. 짧은 만남이었지만 충격이 컸던 시간이었습니다. 마치 몸의 세포가 생기를 찾아 피부 표면을 뚫고 올라오는 듯한 착각이 들 정도였습니다.

교육을 받는 많은 이들이 이미 이론적으로는 생태적 삶의 태도에 관해서 충분히 습득하고 온 것 같았습니다. 저는 맹탕이었지요. 자연, 생태적인 삶의 태도를 아이들에게 심어 주고 싶은 교사, 이미 시골살이를 시작한 귀농인, 저처럼 얼떨결에 온 이들이 뒤섞여 있었는데 그것이 무척 재미있었습니다. 세상엔 이런 사람들도 있구나, 정말 우물 안 개구리처럼 살았구나, 내가 새로운 세상에 들어왔구나!…… 농촌 문제에 대한 국가 정책의 오류, 농촌의 생태적 위기, 농촌 공동체의 붕괴, 농촌 청년의 고뇌와 그들의 삶의 방식 등 먼저 경험했던 사람들의 고백과 어려움을 이겨 나가는 사람에 관한 이야기는 흥미진진했습니다. 교육 시간이 끝난 저녁에는 많은 이들과 토론을 이어갔습니다. 교육 과정에서 친숙해져 지금까지 교류하고 있는 소중한 벗도 얻었습니다.

합숙 교육을 마치고 저는 교육생 중 한 명이 사는 강원도의 작은 농장으로 갔습니다. 당시에도 드문 '전기도 없는' 곳이었는데 그곳에서 일주일을 지내며 고추를 따고, 풀을 메는 노동을 했습니다. 전기 시설이 없으니 생활은 불편하기 짝이 없었지만 색다른 경험이었습니다. 일이 끝나면 냇가에서 몸을 씻고, 촛불 아래에서 대화를 나누었습니다.

그 일을 자청한 것은 평생 해본 적 없는 육체 노동에 과연 적응할 수 있을까 하는 실험을 해보고 싶었기 때문입니다. 그 짧은 기간의 노동이 온전한 실험이 될 리는 없겠지요. 그렇지만 일주일간의 땡볕 노동 경험은 50년간의 인생에서 처음 느끼는 감정을 가져다 줬고 충분히 견딜 수 있겠다는 자신감이 들게 했습니다. 아드레날린이 치솟아 오르는 느낌이었습니다.

귀농자에 대한 지자체의 지원 알아두기

지자체마다 지원 정책이 있습니다. 지원 범위나 금액, 방법은 모두 다르므로 미리 해당 행정처를 방문하여 알아두는 것이 좋습니다. 적극 지원하는 지자체도 있고, 소극적인 곳도 있습니다. 대체로 인구가 급격히 줄어드는 지자체의 지원이 적극적입니다. 하지만 지원의 규모가 그리 전폭적인 것은 아닙니다.

귀농해 농작물을 수확할 계획이 있는 경우는 농업기술센터를 방문해 그 지역의 작물 재배 적합성에 관한 정보를 미리 얻는 것이 좋습니다. 마을의 작물별 영농반에 가입하면 생산과 판매 등 유통 정보를 쉽게 얻을 수 있고 지자체의 지원 정보도 쉽게 접할 수 있습니다.

터 잡기와
집 짓기

강원도에서 돌아와 곧바로 집 설계를 시작했습니다. 모눈
종이를 사서 그 위에 도면을 그렸습니다. 집을 설계해 본
적이 없긴 하지만 거창한 미술관이나 박물관을 설계하는
것도 아니고 두 사람이 거처할 공간을 그리는 게 그리 대
수로운 일이 아니라고 생각했습니다. 방과 거실, 부엌, 화
장실, 다용도실 등 공간은 도시생활에서와 크게 다를 것
없지만, 아파트 같은 환경이 아니므로 외부 환경을 고려
해서 설계하면 될 것 같았습니다. 설계라 할 것도 없이 그
냥 그림이었습니다. 그렇지만 넓이가 어림되지 않고, 그 넓
이를 숫자로 표기하는 게 의외로 쉽지 않아 살고 있는 아

파트의 넓이를 참고했습니다. 지금 이 거실의 넓이가 그곳에서 적당한가? 부엌은? 화장실은? 이런 식으로 비교하며 넓이를 정하고 생활 동선을 고려했습니다.

가장 고심한 부분은 화장실과 부엌, 다용도실이었습니다. 저는 좁은 화장실에 트라우마가 있었습니다. 젊은 시절 전셋집을 전전할 때 생긴 것입니다. 조그맣고 갑갑한 재래식 화장실에 일종의 공포감이 있어, 일반적인 주택보다 넓고 환한 화장실이 필요했습니다. 그래서 화장실에 일반적인 아파트의 세 배가 넘는 과하다 싶을 정도의 넓이를 할애했습니다.

부엌은 텃밭이 보이고 아침 햇살을 맞이할 수 있는 동쪽으로 넓게 창문을 냈고, 다용도실도 나가면 바로 텃밭으로 향할 수 있게 같은 방향으로 냈습니다. 거실과 방은 크기를 줄였습니다. 방문객을 고려해서 집을 짓는 건 얼치기나 하는 짓이라는 게 제 생각이었고, 둘이서 생활할 공간이 클 필요가 없다고 여겼습니다.

그렇게 모눈종이에 도면을 다 그려 넣고 보니 집이 들어설 바닥의 넓이가 93제곱미터(28평)를 넘었습니다. 이 집에서 20년을 살아 보니 이렇게 클 필요가 없습니다. 부부만 살 정도의 집이라면 73~76제곱미터(22평~23평)쯤

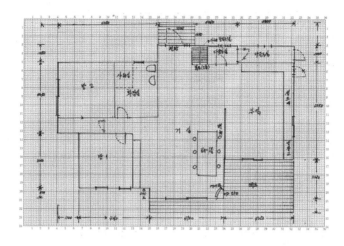

이 좋습니다. 공간이 널널하니 책장이나 테이블, 그 밖의
잘 쓰지 않는 물건을 두기는 좋습니다만 욕심을 부려 2층
을 23제곱미터(7평) 가량 넣은 것은 괜한 짓을 했다고 지
금도 생각합니다.

　대충 설계를 마무리하고 시공 업체를 물색했습니다. 전
원주택 붐이 일던 때라 시공 현장을 직접 다녀보기로 했
습니다. 몇 군데를 후보지로 정해 돌아다니다가 경남 양
산의 현장에서 유독 공사 주변 관리가 깨끗하고 목수들
(목조 건축물을 짓고 있는 현장이 많았습니다)의 인상이 좋아

뵈는 곳의 현장 소장을 만났습니다. 그에게 명함을 받고 부산의 사무실로 찾아갔습니다. 규모가 작은 신생 업체였는데 사장과 직원들이 순수하고 선량해 보였습니다. 제가 그린 설계도를 바탕으로 평면도와 입면도, 측면도 등을 출력하고 집을 짓기로 계약했습니다.

집을 지을 때는 친분으로 업체를 선정하지 않는 것이 좋다는 주위 사람들의 충고가 있었습니다. 집이라는 것이, 짓는 과정에서 여러 변경 사항이 있고 건축주의 요청으로 설계가 바뀌기도 합니다. 또 공사 기간이 길어져 완공 일자가 늦어지기도 하며, 완공 후에도 하자 발생이나 미흡한 부분을 보강, 수정하는 경우도 생깁니다. 이때 서로 냉정하게 협의하고 요구하려면 모르는 이가 마음 편하다는 것입니다. 맞는 이야기입니다. 그래서 계약서에 명확한 공사 기간과, 업체의 사정으로 공사 기간이 늘어나면 물어야 할 지체보상금도 명시했습니다. 다행히 건축 기간 중이나 완공 뒤에 여러 갈등이나 조정이 없었습니다. 우리가 건축 중에 변경을 요구하거나 보완을 요구한 적이 없었고 업체의 현장 소장이나 사장도 선량하고 성실했기 때문입니다. 다행스런 일이었습니다.

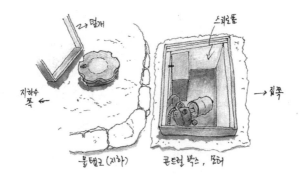

덮개
스위온톱
지하수쪽 ←
→ 집쪽
물탱크 (지하)
콘트럴 박스, 모터

집 착공에 들어가기 전 가장 먼저 한 일은 물을 확보하는 것이었습니다. 밭으로 일궜던 산골의 땅에 수도 시설이 있을 리 없으니 지하수 공사는 필수적으로 해야 합니다. 중형 지하수 굴착기로 80여 미터를 뚫어 지하에 수중 모터를 설치했습니다. 지하 구멍을 뚫는 업자는 처음엔 소형 기계로 작업했지만 수량이 형편없어서 나중에 중형 굴착기를 들여와 지하수를 뚫었습니다. 수월찮은 경비가 들었지만(당시에 500만 원이 좀 넘었습니다. 요즘에는 600~800만 원 정도라고 합니다) 사용할 지하수를 충분히 얻게 됐습니다. 지하수 굴착 공사를 포함해서 수중 모터를 설치하고, 물탱크를 땅에 묻고, 수중 모터를 조절하는 컨트롤 박스를 설치하는 데 소요된 경비 합계는 그 당시 600만 원 정도였습니다.

물탱크는 지상에 두지 않고 땅에 묻었습니다. 유리섬유 강화 플라스틱 FRP Fiber Reinforced Plastics 으로 만든 탱크는 햇볕에 오래 노출되면 안에 이끼가 생긴다고 해서 그리했습니다. 또 물탱크를 묻어 두면 겨울엔 따뜻하게, 여름엔 차갑게 물을 사용할 수 있습니다. 미관상 파랗고 커다란 플라스틱이 보이지 않는 것이 더 좋기도 합니다. 수중 모터 조절 컨트롤 박스가 끌어올린 물을 탱크에 저장하고, 탱크의 물을 작은 가압 모터를 사용해 집 안으로 쏘아주는 방식이었습니다.

시골에서는 30~40미터 깊이의 지하 구멍을 뚫고 가압용 모터를 지하 구멍에 직접 연결하여 저장 탱크 없이 쓰는 가정이 많습니다. 이런 방식은 시공비가 저렴하다는 장점이 있지만, 지표면에서 가까워 지하수 수위가 왔다갔다 해서 수량을 안정되게 확보하기가 어렵습니다. 그러면 물을 끌어올리려고 모터에 무리를 줘 모터 고장이 잦고, 수압이 약해 물 사용에 곤란을 겪는 경우가 많습니다. 이 점을 고려해 탱크 설치 유무를 선택하면 됩니다.

집으로 진입하는 도로도 손 봐야 했습니다. 국도에서 우리집 쪽의 골짜기로 진입하는 도로는 집에서 100여 미터 떨어진 작은 교량까지는 콘크리트 포장이 돼 있었지만 교량에서 집까지 오는 길은 비포장 도로였습니다. 이 부분은 집이 자리가 잡히면 면사무소나 군청에 도로 포장을 요청하기로 했습니다.

착공 과정에서는 별 문제가 없었습니다. 그러나 전혀 예상하지 못한 곳에서 생각지 못한 문제가 일어났습니다. 후배의 친구에게 땅을 매입할 때, 계약도 그이가 사는 도시에서 하고 잔금 역시 도시에서 지불했으므로 저는 땅에 대한 사연을 몰랐습니다. 구입한 땅은 전체가 밭으로 3,000제곱미터(900평) 정도였습니다. 농사를 짓는 이웃 할머니의 큰아들에게서 땅을 매입했습니다. 할머니에게는 두 아들이 있었는데 큰 아들은 일찌감치 도시로 나가 생활했고, 작은아들은 고향에 남아 농사를 짓고 있는 상황이었습니다.

제가 매입한 땅에 이들의 부친 묘소가 있었습니다. 매입 당시 묘지를 6개월 안에 이장하겠다는 약속을 계약서에 명시했습니다. 그러나 큰아들이 약속을 이행하지 않아 건축이 시작될 때까지 묘지가 그대로 있었습니다. 작은아들은 아버지 묘소가 있는 땅을 형이 자기와 협의도 없이 외지인에게 팔아 화가 난 상태였습니다. 그리고 제게 애꿎은 분풀이를 하기 시작했습니다. 외지인에 대한 텃세와 함께 묘지 근처의 터 고르기 작업을 완강히 반대했던 것입니다. 묘지는 허가받은 택지와 거의 겹쳐 있었는데, 엄연히 봉분이 있는 묘지를 건드릴 수는 없었습니다. 수차례에 걸쳐 설득하고 사정해도 요지부동이라 결국 예정 부지에서 좀 비켜나서 터 고르기 작업을 했습니다. 이 과정에서 스트레스를 엄청 받았고, 시공업체 작업자도 많이 힘들어했습니다.

결국 완공 뒤 1년 여가 지나고 나서 묘지가 이장됐습니다. 저는 이 사건을 계기로 이곳 사람들의 정서를 어느 정도 파악하게 됐습니다.

집 완공으로 시골살이를 위한 준비가 대략 끝났습니다. 틈틈이 화단을 만들고, 정원에 잔디를 심고, 주변에 나무를 심어 사람 사는 모습을 갖춰 갔습니다.

집을 지을 목적으로 땅을 구입할 때는 지형을 고려해야

가까운 친구가 귀촌하려고 땅을 구입했습니다. 1,500평 부지의 땅은 작은 개천이 한쪽 면으로 흐르고 15도 정도의 경사면이었습니다. 사실 1,500평은 너무 넓다고 여겼지만 땅 주인이 분할해서 팔 의사가 없었으므로 하는 수 없이 전부를 구입했다 합니다.

경사진 땅 곳곳에 큰 바위가 박혀 있고, 개천에는 토사가 흘러내린 약 80미터의 경사 부분이 있어 친구는 땅을 정비하기로 했습니다. 중장비를 들여 집을 지을 부지 약 400평을 평지로 다듬고, 개천 옆 경사 부지는 15미터 높이의 석축을 쌓아올려 정비를 끝냈습니다. 공사 기간은 한 달 정도 소요됐습니다. 부지 400평에 돌출된 바위들을 솎아내려 하니 빙산처럼 땅에 묻힌 부분이 많아 파내는 데 시간을 소모했습니다. 나머지 땅의 바위를 정리하고 개천의 석축까지 쌓아올리니 시간이 예정보다 많이 들었습니다. 부지 정비에 소요된 경비 또한 만만치 않았습니다. 이처럼 지형을 고려하지 않고 구입한 땅은 예상치 못한 경비를 잡아먹습니다. 지형을 눈여겨 살피면 예산을 아낄 수 있습니다.

부지 인근의 산과 계곡을 주의하여 살펴야 합니다. 또한 산골은 대개 표고가 높으므로 홍수로 인한 피해는 드물지만 산사태가 일어날 위험이 있습니다. 근처에 산이 있거나 또는 산허리를 잘라낸 도로가 있는 경우 지형을 유심히 살피는 것이 좋습니다.

집 짓기의
소소한 조언

시골에 정착해 살면서 집들에 대해 객관적으로 볼 기회가 많았습니다. 저의 경우, 귀촌을 결심했을 때 제 주변에 귀촌 또는 귀농한 지인이 전혀 없었고, 건축 경험을 들을 기회도 없었습니다. 귀촌 전 전국귀농운동본부가 주관하는 귀농 교육이 도움이 많이 됐는데, 주로 정신교육 위주라 농법이나 주택 건립과 같은 실용적인 내용은 별로 없었지만 교육을 통해 기능적이고 합리적인 주거 시설의 필요성을 인식할 수 있었습니다.

또 하나, 제가 집을 지을 때 영감을 받은 책이 있습니다. 바로 귀농자들의 바이블인 스코트 니어링의 《조화로운 삶》입니다. 그러나 자신이 직접 짓지 않고 건축업자에 의뢰해서 짓는 집에 자신만의 영감을 반영하기가 쉽지는 않습니다.

방송 매체에서 보여 주는 비싼 자재로 지은 근사한 구조의 전원주택을 원한다면 제 이야기는 별로 도움이 되지 않을 것입니다. 그러나 일반적인 주택 업체를 선정해서 집을 짓는 경우엔 다음 사항을 고려해 보는 것이 좋습니다.

첫째, 구조가 복잡한 집은 되도록 피하는 것이 좋습니다. 지붕 형태가 복잡하고 여러 겹으로 이어지면 낭비가 심하며 보기에도 좋지 않습니다. 또한 공간이 많이 나뉘어져 출입 동선이 복잡한 집은 시골에서는 생활하기 불편하고 건축비만 많이 듭니다. 간혹 어떤 집을 방문하면 여기는 거실, 저기는 안방, 복도를 거쳐 또 하나의 방, 서재, 이층 방, 다락방 등 공간을 세세하게 구분해 놓았습니다. 부부 둘이서 생활하는 집에 방이 네 개가 넘는 경우도 있습니다. 손님을 위한 방도 필요하고 사위나 아들, 딸, 손주가 오면 잠잘 곳이 있어야 한답니다.

그렇지만 그들이 1년에 몇 번이나 올까요? 어쩌다 한번 손꼽을 정도로 오는 방문객을 위해 방을 여러 개 여분으로 둘 필요가 있을까요? 청소하기도 힘들고 난방에도 문제가 많이 생깁니다. 방문객이 오면 거실에 재우면 될 일입니다. 시골에서 도시의 생활 패턴을 그대로 유지할 수는 없습니다.

둘째는 난방비를 고려한 집짓기입니다. 도시의 아파트는 철근 콘크리트로 지어졌고 상하좌우로 다른 세대가 에워싸고 있습니다. 난방 효율을 감안한 설계인 데다 대부분 도시가스를 사용하므로 난방비가 그리 비싸지 않습니다. 시골의 외딴집은 다릅니다. 질 좋은 보온재를 쓰고, 창호도 좋은 것을 써야 합니다. 다른 건 몰라도 단열만큼은 돈을 아끼지 말아야 합니다.

최근에 난방비가 급등했다는 뉴스를 봤습니다. 난방대란에 대해 어쩌고저쩌고 말이 많은 도시를 보고 있으려니 이곳 산골 사람들은 기가 막힙니다. 따뜻한 아파트에서 얇고 가벼운 옷을 입고 사는 이들에게는 갑자기 폭증한 난방비가 울상을 지을 만한 사건이겠지만, 사실 그 정도 실내 온도를 유지하려면 산골에서는 그 금액의 서너 배가 듭니다. 산골은 도시가스가 공급되지 않으므로 주로 도시가스비보다 훨씬 비싼 등유를 사용하기 때문입니다. 등유로 보일러를 가동해 실내를 덥히려면 아파트의 난방비는 우습게 여겨지지요. 산골 사람들이 솜바지를 입고 실내 생활을 하는 까닭입니다.

셋째는 꼼꼼한 설비 시공입니다. 여기서 설비라는 건 집을 지을 때 설치하는 상하수도, 펌프, 정화조, 난방 배관, 하수 관리구, 보일러 등의 시설을 말합니다. 집이 완공되고 생활하면서 문제가 발생하는 것은 항상 설비입니다. 저의 경우, 성의 없는 설비업자를 만나는 바람에 이곳저곳을 수리하느라 애를 먹었습니다. 지금은 수리가 돼 불편함이 없지만 인근에 살고 있는 두레 회원들의 상황을 봐도 항상 설비가 말썽을 일으키는 것 같습니다. 다른 건 몰라도 설비업자와 전기업자는 좋은 평판을 가진 업체를 골라서 지나치다 싶을 정도로 꼼꼼히 체크해야 나중에 고생하지 않습니다.

넷째는, 부디 큰 집을 짓지 말기를 바랍니다. 시골집은 크기가 클수록 여러 방면에서 문제가 생깁니다. 예를 들어 천정이 높은 집에 대해 이야기 해보겠습니다. 방송에서 종종 멋진 전원주택을 소개할 때 1층의 천정이 2층까지 트여 있는 집을 보게 됩니다. 제 생각에 그 집의 주인은 경제적으로 굉장히 여유가 있거나, 아니면 겨울엔 다른 곳에서 살기를 작정한 이가 아닐까 합니다. 난방도 문제지만 천정이 지나치게 높은 집은 관리도 매우 힘듭니다. 엄청 부지런한 이가 아니면 나중에 스스로 나가떨어질 게 분명합니다. 집을 크게 지었거나 천정을 높게 건축한 이들의 집을 나중에 방문해 보면 남은 공간을 고추를 말리는 데 사용하거나 농산물 창고로 쓰고 있습니다.

대신 창고는 되도록 크게 짓는 것이 좋습니다. 시골은 창고가 클수록 도움이 많이 됩니다. 사용하지 않는 집기나 농기구, 각종 농자재, 수리 부품, 전동 공구 등 보관할 물건이 생각보다 많습니다. 시골생활은 집 안팎을 손봐야 할 상황이 많이 생기기 때문에 살아갈수록 틀림없이 보관품이 늘어납니다. 저의 경우, 웬만한 것은 전문가의 손을 빌리지 않고 직접 수리하기 때문에 여유 부품이나 자재를 많이 보관합니다.

집을 짓는다는 건 사실 개인의 취향, 개성, 경제 사정, 가치관, 생태적 사고 등이 개입하므로 '잘 지었다' '못 지었다'를 단정할 수 없습니다. 집 짓기는 한 개인의 모든 것이 투영된 행위입니다. 완성된 집을 보면 집 주인이 보입니다. 외양에 엄청 신경을 써 돈을 들인 집이 있고, 외양보다는 실내에 더 투자한 집도 있습니다. 꼼꼼하게 잘 지은 집도 많지만, 그 옆의 보일러실이나 창고는 대충 지은 집, 말끔한 주택 옆에 전혀 어울리지 않는 컨테이너를 가져다 놓고 창고로 쓰는 집 등도 있습니다. 대문에 공을 들인 집도 있고, 대문이 없는 집, 울타리를 사람 키 높이로 쌓아올린 집과 낮은 목재 울타리를 한 집, 아예 울타리가 없는 집 등 여러 집이 있습니다. 집의 생김새는 각양각색입니다. 개인의 취향과 가치관이 드러나는 집들을 관찰하면 재미있습니다.

누구든 집에 대해 품고 있던 로망이 있을 것입니다. 부부가 오순도순 살아가는 예쁜 집을 꿈꾼 이도 있을 테고, 도시의 아들, 딸, 손주가 뛰노는 넓고 아름다운 마당을 원하는 이도 있습니다. 지극히 실용적으로 지어 기능적으로 편리하면서도 소박한 집을 꿈꾸는 이도 있겠지요. 제가 생각하는 시골의 집은 우선 실용적이어야 하고, 되도록 구조가 단순하고 작은 집이어야 하며, 외부 창고는 넓을수록 좋고, 울타리는 높지 않는 집입니다. '심플 라이프'를 꿈꾸는 사람에게는 딱 맞을 집입니다.

텃밭은 100평 정도가 적당하다고 생각합니다. 다른 용도로 사용하는 면적 없이 순수 농사만 지을 예정이라면 100평 텃밭이 결코 작지 않습니다. 오히려 나이에 따라 부담이 될 수도 있는 크기입니다. 농사를 지어 수익을 내야 한다면 어림없는 면적이지만 그렇지 않다면 충분하고도 넘칩니다. 100평 정도의 텃밭을 관리하려면 손으로 쓰는 웬만한 농기구는 모두 구비해야 합니다. 농기계가 필요할지는 텃밭의 경사도, 면적의 모양, 작물의 종류에 따라 결정할 일이지만 관리기 한 대는 꼭 필요하다고 여겨집니다.

농사를 짓는다면 바깥에서 출입할 수 있는 욕실이 꼭 있으면 좋습니다. 야외에 별도의 욕실을 만들어 두라는 이야기가 아니라, 야외 텃밭에서 집 안을 통하지 않고 밖에서 바로 욕실로 출입이 가능한 문을 설치해 두라는 것이지요. 집 안에 있는 욕실에 바깥쪽 문을 설치해서 야외와 실내에서 같이 사용할 수 있는 구조도 좋고 별도의 욕실을 만들어 밖에서 출입하는 방식도 좋습니다. 어쨌든 일을 마친 뒤 집 안을 거치지 않고 출입하는 욕실이 있으면 정말 유용합니다. 밭에서 일을 하다보면 흙과, 풀, 먼지가 온 몸에 묻기 마련입니다. 진드기도 염려되고, 땀도 많이 흘립니다. 욕실에서 바로 씻고 집 안으로 들어가면 동선도 간편하고 아내도 좋아합니다.

덧붙임

부품 정리에 관한 팁

창고 이야기가 나왔으니 부품 정리에 관한 팁을 하나 드리겠습니다. 부품은 종류가 다양하므로 보관을 소홀히하면 하나 찾는데 한참 시간을 보내야 합니다. 특히 부피가 작은 부품의 경우, 작은 부품을 따로 모아 보관해도 일일이 뒤적이며 찾아야 하기 때문에 힘이 듭니다. 그래서 꾀를 하나 냈습니다. 부엌에서 사용하고 버리는 투명한 마요네즈 병을 이용하는 것입니다. 우선 다 먹은 마요네즈 병의 뚜껑을 분리한 다음 뚜껑을 창고의 목재 선반 밑 부분에 나사로 고정합니다. 그리고 고정한 뚜껑에 작은 부품들을 담은 투명 병을 돌려서 꽂습니다. 병이 투명하여 보관한 부품들이 무엇인지 금방 알 수 있고, 부품이 필요하면 병을 돌려서 부품을 꺼내고 다시 병을 돌려 꽂으면 바로 정리가 됩니다. 지인들이 어떻게 이런 생각을 했냐고 물을 만큼 굉장히 유용합니다. 농기구는 창고의 벽면에 긴 못을 여러 개 박아 걸어두어서 쉽게 꺼내 쓰게 만들었고 동시에 회수하지 않은 도구의 빈자리를 금방 파악할 수 있도록 했습니다.

담장

집을 짓는 중에 가까운 이웃 마을을 다니며 유심히 살핀
것이 있습니다. 바로 담장입니다. 저는 돌담을 참 좋아합니
다. 동네마다 있는 담장을 보면 그 집 주인의 성격이나 인
품이 보입니다. 개울에서 오랫동안 다듬어진 둥근 돌로 담
장을 쌓은 이도 있고, 굴러다니는 막돌로 쌓은 담장도 있
습니다. 담장 위에 낡은 기와를 얹어 멋을 낸 담장도 있고,
흙 반죽을 사용해 기왓장이나 돌 등을 섞어 아름답게 쌓
은 담장도 있습니다. 저는 막돌로 서로 이를 잘 물려 정성
스레 쌓은 담을 좋아합니다. 세월이 가면 이끼가 앉고 물
때가 끼어 자연스러운 멋이 나는 그런 돌담이 좋습니다.

집들이 다닥다닥 붙어 있는 마을에서는 담장이 필요합니다. 작은 규모의 집이 한곳에 모여 있기에 담장이 없으면 이웃과 경계가 모호해질 수 있습니다. 그렇지만 마을과 떨어진 집에 사는 우리는 담장의 필요성을 전혀 느끼지 못합니다. 대문도 필요 없고요.

가까운 이웃 마을의 집을 보면 울타리를 치거나 블록을 쌓아 담벼락을 만들고 대문까지 커다랗게 설치했습니다. 주로 도시에서 이주한 사람들의 집이 그렇습니다. 아마 도시 생활에서 구분이 익숙했기 때문일 것입니다. 아파트 철제 현관문은 뚜렷한 구분이고, 단독 주택이더라도 담장과 대문은 도시 생활의 기본처럼 됐습니다. 시골에서는 담벼락과 대문이 딱히 필요하지 않습니다. 주변 풍경과도 어울리지 않고 무엇보다 20년 시골살이를 해보니 담장과 대문을 설치한 집과 그렇지 않은 집의 이웃과의 소통 수준은 뚜렷한 차이가 납니다.

예전에 대문 대신 담장 기둥을 양쪽에 세워 두셨던 아랫집 영감님이 계셨습니다. 영감님께서는 외출하실 때마다 기둥의 앵커에 굵은 밧줄을 걸어 두시고 나갔습니다. 그 모습을 지켜보던 저는 영감님을 만나 조심스럽게 이야기를 꺼냈습니다.

"영감님, 그렇게 해 두시면 오히려 이 집은 지금 사람 없이 비어 있습니다 하고 알려 주는 게 아닐까요?"

그러자 어느 순간부터 밧줄이 없어졌습니다. 대신 입구 기둥에 사람과 짐승이 가까이 접근하면 딩동댕동하는 소리가 나는 자동 감지 알람이 설치됐습니다. 오히려 불편할 것 같다는 생각이 들었습니다. 이웃집 개가 지나가도, 우편 배달하는 분이 지나가도 매번 요란하게 울리는 알람 때문에 밖을 나와 봐야 하니까요. 영감님이 아마 도시의 습꽘을 버리기 어려우셨던 모양입니다.

도시에서 살아왔던 사람이라면 너와 나의 구분을 당연하다고 여길 것입니다. 그렇다면 담장 대신 집 주변에 화초를 심어 철 따라 꽃을 피우거나 정강이 높이 정도의 관목을 심거나 판재로 나무 울타리를 만들면 어떨까요. 개방감이 있으면서도 약간의 구분 표시를 할 수 있습니다.

우리는 외부와 집을 구분 짓는 담장이나 알람은 설치하지 않기로 결정했습니다. 밖에서 현관문을 노크하는 이는 1년에 한두 번 방문하는 마을 이장, 1년에 한 번 정도 등기 우편물을 가져와 사인을 받아가는 집배원, 아주 드물게 민박하나며 묻는 등산객뿐입니다. 해가 진 뒤에 현관문을 두드리는 이는 20년 동안 한 번도 없었습니다. 물론 마음의 안정을 위해 담장을 설치하고 싶다면 원하는 대로 하면 됩니다. 결국 집의 외양은 세월이 갈수록 집주인과 닮아갑니다.

2장

산골짝의 작은 우주

산골의 일거리

글과 말, 서류로 산 세월을 접고 시골생활이 시작됐습니다. 우리 밭은 약 2,300제곱미터(약 700평) 정도입니다. 10도 정도 경사진 밭은 집의 앞과 뒤에 걸쳐 있고, 지대는 해발 480미터 정도입니다. 산골 고지대가 대부분 그러하듯이 땅이 척박합니다.

처음 이주했을 때는 초겨울이라 농사일을 하지 않았습니다. 이곳에 맞는 작물이 어떤 것인지 몰라, 가을에 이웃 마을에서 수확하는 작물을 유심히 살폈습니다. 주로 팥, 콩, 들깨, 감자, 고구마 등의 평범한 작물이었고 복분자 외에 특이한 작물은 없었습니다. 고도가 높은 지역에다 토질이 좋지 않아서 특용 작물은 엄두도 내지 못할 형편이었습니다. 작물을 생산할 밭조차 별로 없는 산지였으므로 그럴 수밖에 없었습니다.

이듬해 농사는 콩과 들깨, 감자와 고구마 등과 몇 가지 채소를 심었습니다. 이전 주인이었던 할머니가 관행 농업으로 혼자 근근이 일궈 먹은 밭은 화학 비료만으로 거름을 했던 것 같습니다. 처음 농사를 지을 때 땅은 딱딱하게 굳어 있었고, 영양분이라곤 없어서 콩이나 들깨, 고구마, 감자밖에는 심을 게 없었습니다. 우선 땅을 살려야 했으므로 도정 공장에서 거저 주는(요즘은 아닙니다) 쌀겨를 커다란 자루에 실어 날라 밭에 퍼부었습니다. 또, 경사 진 땅을 평탄 작업하고 위쪽 밭과 아래쪽 밭으로 구분 지은 다음 밭 각각에 퇴비장을 따로 지어서 오줌을 모으고 음식 찌꺼기를 섞어 퇴비를 만들었습니다. 우리는 텃밭용과 작물 경작용으로 구분해서 작은 농사를 시작했습니다. 20년이 지난 지금 우리 밭의 흙은 밟으면 발이 쑥쑥 들어갈 정도로 부드럽게 변했습니다. 제초제와 살충제를 사용하지 않고, 밭에서 나온 농사 부산물과 음식 찌꺼기로 만든 퇴비를 사용한 덕분입니다. 하긴, 그런 작업이 없어도 화학 비료를 매년 뿌리지 않으면 땅은 굳지 않고 살아납니다.

머리 쓰는 일에서 벗어나 몸 쓰는 일을 하고 싶어 시골에 들어왔으므로 농사일은 재미있었습니다. 작물을 심지 않은 땅에는 매실나무와 옻나무, 헛개나무와 엄나무, 대추나무 등을 심었습니다.

호미를 들고 밭에 나서면 "이걸 언제 한담" 하고 겁이 나기도 합니다. 하지만 잡초가 뽑혀 나가고 말끔한 면적이 한 뼘씩 넓어질 때 묘한 쾌감이 스물스물 목구멍으로 올라오는 것을 느낍니다. 알렉산드르 솔제니친의 《이반 데니소비치의 하루》에서 이반 데니소비치 슈호프가 벽돌을 쌓는 장면이 나옵니다. 비록 강제 수용소에서의 노역이지만 벽돌을 한 층씩 쌓아가는 동안 느끼는 희열과 쾌감을 표현했습니다. 그런 슈호프 식의 희열을 맛보기도 합니다.

그렇지만 조심해야 합니다. 한낮 땡볕은 사람을 죽게도 하니까요. 어느 땐 머리가 핑 돌아 어지럽고 "어, 어" 하다가 털썩 주저앉기도 합니다. 한여름 낮에 몇 시간이고 일하려면, 나오기 전에 소금 반 숟갈 정도를 물에 타서 마시고 시작해야 합니다. 가끔 잊고 나갔다가 낭패를 당하기도 합니다. 그래서 여름철엔 새벽에 시작해서 해 뜨기 전까지만 바깥일을 하는 게 좋습니다.

여름철 예초기 작업은 저녁 식사 두 시간 전에 시작해

서, 끝나면 바로 몸을 씻고 식사를 하는 것이 바람직합니다. 작업 시간도 과하지 않게 조절하고, 진드기로 인한 피해를 방지하는 요령입니다. 작업량이 자신의 몸 한계치에 가까이 왔다고 느끼기 전에 작업 도구를 과감히 내려놓는 게 중요합니다. "저기 까지만 끝내고 그만할 거야" 하는 생각은 아주 좋지 않습니다. 그랬다간 다음날 지쳐서 밭에 나가지 못합니다. 하루에 자신이 사용할 수 있는 에너지가 100이라면 20은 반드시 남겨 놓고 일을 끝내는 것을 꼭 지켜야 합니다. 작업 중에 컨디션 조절이라는 이유로 작업 도구를 내려놓는 단순한 실천을 익히는 데 저는 처음에 수년이 걸렸습니다. 도시에서 몸을 쓰는 노동이라곤 해 본 적이 없고, 운동이랍시고 걷기나 등산을 한 전력밖에 없던 저는 처음에 무척 고생을 했습니다. 노동은 전혀 다른 근육을 쓰므로 금방 근육이 뭉치고 땅깁니다. 노동 뒤에 자신의 몸을 풀고 이완시키는 요령도 익혀 두면 좋습니다.

수확의 달콤한 즐거움은 정말 소중합니다. 하지만 힘이 드는 것은 어쩔 수 없습니다. "콩밭 메는 아낙네야, 베적삼이 흠뻑 젖는다"는 노래도 있잖습니까. 콩은 괜찮은 작황이 되지만 밭을 매는 일이 너무 힘듭니다. 대부분의 작물이 공을 들여야 하지만 특히나 콩은 초여름 땡볕에서 잡초를 제거해야 하기 때문입니다. 하지만 잘 말린 콩대를 두들겨 노란 알맹이를 모아 포대에 담을 때 그 뿌듯함은 굉장합니다. 콩알 하나하나가 노랗게 빛나고, 그 탄실한 알맹이는 보석보다 아름답습니다.

들깨는 심고 돌보기엔 비교적 손이 덜 가는 작물입니다. 수확할 땐 거무스레한 들깨알이 마른 잎과 줄기 등의 부스러기와 섞여 있기 때문에 부스러기를 잘 분리해야 합니다. 갈무리해서 한 줌씩 모은 들깨를 큰 플라스틱 그릇에 담을 때 기분이 참 좋습니다.

고구마는 어떻고요. 두둑을 파서 흙속의 주먹만 한 자줏빛 고구마가 햇빛 속에 얼굴을 내밀면 황홀한 기분이 듭니다. 간혹 두더지가 파먹은 것들이 있지만 그 정도는 녀석들에게 양보해야 합니다. 줄기와 잎은 낫으로 걷어내서 나물용으로 쟁여 둡니다.

수확의 기쁨은 노동에 대한 보상입니다. 하지만 내 작은 노력에 이토록 신비한 선물이라니, 너무 과분한 것 같아 숙연해지기도 합니다. 농자천하지대본農者天下之大本이라는 말이 정답이라는 것을 깨달았습니다.

작물을 수확하고 나서 "이게 돈으로 환산하면 얼마지?" 하는 생각을 할 때가 있습니다. 실제로 판매되는 가격을 떠올리면 어이가 없습니다. 이 한 되, 이 1킬로그램을 생산하기 위해 땀 흘렸던 시간과 끈기, 기다림이 다시금 머릿속에 떠오르기 때문입니다. 그러다가 "이번엔 시장에서 사 먹지 뭐" 하며 금년에 미처 심지 못해 오이를 마트에서 사게 되면 억울합니다.

오이를 수확하려면 모종을 사와서 덩굴을 잡아 줄 지주목을 세우고, 퇴비를 퍼내 흙과 섞어 줘야 합니다. 오이 줄기가 지주목을 타고 올라가면 일일이 묶어주는 작업도 필요합니다. 꽃이 피어 여기저기 줄기가 마구 뻗어나가는 시기에는 서로 얽히지 않도록 솎아 줘야 합니다. 이런 과정을 익히 알고 있기에 마트에서 '오이 3개 1,500원'이라고 적힌 가격표를 보면 억울해지는 것입니다. 다음 해에 오이를 심어야겠다는 생각도 사라집니다. 도시에 살 때, 시장이나 마트에서 채소 값이 좀 비싼 거 아닌가 했던 내 머리를 쥐어박아 주고 싶습니다.

700평 정도 되는 우리 밭은 평지가 아닌데다 가운데 큰 돌들이 박혀 있어 경운기나 관리기를 사용하기 곤란했습니다. 그렇다고 처음부터 농기계를 구입하지는 않았습니다. 로터리 작업은 삽으로, 이랑 작업은 괭이와 쇠스랑으로 했습니다. 그러니 작은 평수의 밭이지만 노동 강도는 몇 천 평 관행 농사하는 것과 비슷했습니다. 20년 동안 농기계를 사용하지 않았지만 가끔은, 초기에 관리기 정도는 구비하면 좋았을 것이라 생각합니다. 처음 농사를 시작했을 때 기름 쓰는 장비는 가급적 사용하지 않겠다고 마음 먹었습니다. 지금은 적절한 도구를 잘 활용하면서 요령 있게 작업하는 것이 더 즐겁고 효율적인 방법 같습니다. 관리기 정도는 쓰는 게 맞습니다. 괜한 고집으로 몸만 축나는 작업 방식을 오랫동안 해 온 제가 참 미련했습니다. 이제 와서 새삼 장비를 장만하려니 좀 억울하긴 합니다.

제가 현재 쓰는 농기구는 괭이와 쇠스랑을 합쳐 서른 가지가 넘습니다. 농사 초기에는 호미를 쓰다가 던져 두고 다른 작업을 한다든지, 괭이를 던져 두고 창고에 갖다 온다든지 하면서 제멋대로 두고 왔던 도구를 찾느라 애를 먹기 일쑤였습니다. 그래서 창고에 도구를 걸어 두고 정리할 수 있게 자리를 만들었습니다. 작업이 끝나 창고에 왔을 때 비어 있는 도구 자리가 보이면 즉시 작업했던 곳으로 가서 가져오곤 합니다. 그러지 않으면 흙속에서 발갛게 녹이 슨 도구가 다음 해 봄에 풀숲에서 발견됩니다. 꼼꼼

한 정리는 작업을 스트레스 없고 즐거운 일이 되게 만들어 줍니다. 농사일은 꼼꼼한 성품의 사람에게 더 적합하기도 합니다.

위험한 순간도 있습니다. 한번은, 밭과 산의 경계면에 잔뜩 자란 싸릿대를 자르다 비명에 갈 뻔한 적이 있습니다. 싸릿대는 가을이 되면 굵은 가지가 어른 엄지 굵기 정도로 자라는 굉장히 야문 나무입니다. 다른 풀처럼 쉽게 눕지 않고 줄기가 굉장히 단단해서 자른 면이 날카롭고 뻣뻣하기 때문에 이동할 때 자꾸 발끝에 걸려 거추장스럽습니다. 또 번식이 빨라 밭을 침범하기도 합니다.

주변의 싸릿대를 전부 베어내기로 작정한 제가 낫을 챙겨 나간 날이었습니다. 야문 싸릿대 아랫도리를 벨 때는 45도나 60도 정도로 비스듬히 낫질을 합니다. 잘려서 땅에서 10센티미터 정도 남은 싸릿대는 날카로운 송곳이 됩니다. 싸릿대를 낫으로 베면서 한참 산 쪽으로 전진해 나가던 중이었습니다. 땅바닥에 깔린 넝쿨에 발이 걸려 그대로 바닥에 엎어지듯 쓰러졌습니다. 짧은 순간 "큰일 났구나" 하는 생각이 뇌리를 스쳤습니다. 겨우 티셔츠 한 장 입고 빽빽한 송곳 위에 쓰러지는 꼴이었습니다. 어디가 뚫렸을까? 머릿속에 드는 걱정에 잠시 정신이 혼미해졌습니다. 정신이 돌아온 뒤 별로 아픈 곳은 없어 조심스레 일어나 살펴보니 정말 천운처럼 다친 곳이 없었습니다. 절묘하게 싸릿대 송곳이 없는 곳에 엎어졌던 것입니다. 그 일 이후로 작업 때마다 주변을 확인하는 습관이 생겼습니다. 조용하고 평화로운 일상이지만 이런 산골에선 잠깐의 부주의가 큰 변고가 생길 소지를 만듭니다.

이런 일도 있었습니다. 좀 떨어진 친한 이웃에게 자신의 집 주변 나무가 너무 빽빽하게 자라 통풍이 되지 않는다며 나무 베는 일을 도와달라는 요청을 받았습니다. 제거해야 할 느티나무는 아래 둥치의 지름이 60센티미터가 넘는 큰 나무여서 이웃이 가지고 온 엔진 톱으로 작업해야 했습니다. 적당한 높이의 곁가지부터 잘라 내기로 하고, 제가 먼저 나무에 올라갔습니다. 엔진 톱을 건네받은 뒤 저는 지름 30센티미터 정도의 가지를 베어냈습니다. 나무의 큰 가지는 베기 전에는 무게를 가늠하기 어렵지만 베어 내 들어보면 엄청나게 무겁다는 사실을 알 수 있습니다. 굉장히 위험한 작업이라 긴장하며 작업했습니다. 가지를 몇 개 베고 나자 지쳐서 이웃과 자리를 교대하기로 했습니다. 나무 위에 올라간 이웃은 엔진 톱 소리와 함께 굵은 가지 하나를 베었습니다. 그런데 갑작스러운 사고가 발생했습니다. 옆의 가지로 엔진 톱을 옮기려던 이웃이 그만 발을 헛디뎌 중심을 잃고 엔진 톱과 함께 나무에서 떨어진 것입니다. 나무 바로 아래에서 작업 과정을 지켜보고 있던 저도 위험한 상황이었습니다. 엔진 톱은 떨어지면서 엔진이 멈추긴 했지만 날카로운 톱니는 그대로 노출된 채였습니다. 큰일 났다는 생각이 드는 순간, 엔진 톱이 저를 비켜 제 옆에 떨어졌습니다. 이웃은 바로 옆 땅바닥에 떨어졌습니다. 떨어진 높이가 4미터 정도였으나 옆구리부터 땅에 닿아서인지 다행히 잠시 후 옷을 털며 일어났습니다.

농촌에서 이런 일은 허다합니다. 감을 따러 나무 위에 올라갔다가 가지가 부러져 낙상 사고를 당하는 일이 특히 흔합니다. 감나무는 가지가 굵어 보여도 잘 부러지는 특성이 있으므로 조심해야 합니다. 가지 끝에 달린 먹음직스런 감이 탐나 무리하게 올라서다 낭패를 당할 수 있습니다. 무리하지 말고 까치밥으로 남겨두는 것이 자신에게도 까치에게도 좋습니다.

결론은, 위험한 작업 때는 귀찮고 불편해도 꼭 안전 장구를 착용해야 합니다. 위험한 작업이 예상되는 곳에서는

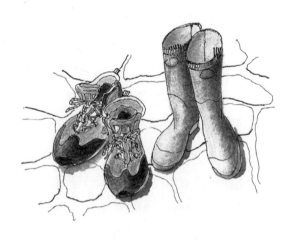

혼자 작업하지 말고 되도록 조력자가 있는 것이 좋습니다.
외딴 곳에서 작업해야 할 경우에는 반드시 가족에게 자기
작업 위치를 알려 둬야 합니다.

거름에 대하여

거름(두엄, 퇴비, 비료 등)을 만드는 일은 농가에서 반드시 필요한 작업입니다. 거름 재료는 여러 가지가 있지만 대체로 주변에서 구할 수 있는 것들입니다. 농사 부산물이나 똥, 오줌, 낙엽, 음식물 찌꺼기, 도축 부산물, 타고 남은 식물의 재, 해초, 축사에 깔았던 짚 등을 이용해서 알맞은 물과 섞어 삭힙니다.

거름을 만들기 위해서는 퇴비장을 짓고, 낙엽을 모으고 음식물 찌꺼기를 넣고, 똥과 오줌을 모아야 합니다. 하지만 몇 안 되는 식구의 생활에서 나오는 똥과 오줌, 음식물 찌꺼기로는 필요한 거름의 양을 수급하는 데 한계가 있습니다. 더구나 똥과 오줌을 모으기 위해서는 바깥에 화장실을 따로 만들어야 하는데, 주변 여건상 쉽지 않을 수도 있고, 겨울철에는 사용하기가 어려운 데다 산성화 된 땅에 뿌려 지력을 보충시킬 재를 확보하는 일도 쉽지 않습니다. 그럴 땐 이웃 양계장이나 축사 바닥에 깔았던 부산물을 얻어다 보충하기도 합니다. 축사에서 가져온 부산물은 톱밥이나 짚, 쌀겨 등이 소의 배설물과 섞여 좋은 거름입니다. 하지만 부산물을 실어 와야 하고 운반과 보관이 어렵습니다. 더구나 비용도 많이 들기 때문에 작은 규모의 농가에서는 쉽게 사용하기 어렵습니다. 유기농을 고집하는 이들은 이런 거름을 싫어하기도 하고요.

약 100평의 밭에 거름을 충분히 뿌리려면 퇴비장이 두 곳(2미터X2미터)은 필요합니다. 거름의 질은 알맞은 습도와 온도, 거름 더미를 자주 뒤적여주는 노동이 좌우합니다. 동물성 부산물이 많이 섞이면 효과 좋은 거름이 되지만, 가정에서 동물성 부산물이 많이 들어간 거름을 만드는 일은 쉽지 않습니다. 나름 힘들여 거름을 만들고 밭에 뿌렸는데 생육이 시원치 않고 열매가 보잘 것 없으면 허탈합니다.

매년 같은 장소에서 농작물을 재배하면 땅의 양분이

거덜나므로 거름을 뿌려 양분을 보충해야 다음 해에도 농작물을 수확할 수 있습니다. 귀촌자 대부분이 거름의 중요성을 상식으로 알고 있기 때문에 초창기에는 거름 만들기에 열심입니다. 주는 것이 있어야 받는 것도 있다는 것은 모두 잘 아니까요.

대개는 화학 비료를 사용하지 않고 직접 만든 퇴비만을 고집합니다. 하지만 세월이 지날수록 요령이 생겨 자꾸만 농협에서 만들어 파는 퇴비(주로 닭이나 돼지 부산물과 톱밥을 섞어서 만든)에 눈을 돌리게 됩니다. 비닐 포대에 깔끔하게 포장된 새카맣게 발효된 퇴비의 유혹을 뿌리치기 힘들지요. 인근의 두레 회원들도 이젠 거의 농협 퇴비를 사용합니다. 질 좋은 퇴비 만들기는 정말 부지런해야 하고 힘든 노동이 수반되므로, 미리 주문해 두면 이른 봄에 집까지 운반해 주는 농협 퇴비의 유혹에 넘어가게 됩니다. 내 입에 들어가는 텃밭의 농작물은 유기농으로 먹겠다고 호언한 처음의 호기는 그렇게 맥없이 무너집니다. 자기가 만든 거름을 쓰고 싶지만 현실적인 한계가 있다는 이야기입니다.

고구마, 감자, 호박, 가지, 고추, 오이 등 채소를 시장에서 사 먹지 않고 자급자족할 수 있을 정도만 기를 계획이라면 농협 퇴비를 사용하지 않아도 됩니다.

　노동력에 한계가 있다면, 적당한 넓이의 경작 면적에 농작물을 알차게 배치하여 지속 가능한 작업 여건을 만드는 것이 좋습니다. 절대 욕심 부리지 않는 것이 중요합니다. 거름에 대해 더 알고 싶다면《자연을 꿈꾸는 뒷간》(이동범, 들녘, 2000.09.27),《새 한입 벌레 한입 사람 한입》(안철환, 권복기, 김윤정, 성여경, 안혜령, 홍문국, 전국귀농운동본부 엮음, 들녘, 2001.05.02) 이 책들을 참고해 보는 것도 좋습니다.

잔디와 조경

전원마을에 입주한 지인이 있습니다. 취미가 비슷한 동호인들이 의기투합해 다섯 가구가 함께 도시에서 이주했습니다. 산허리를 깎고 터를 조성해 집을 짓고 넓은 잔디밭을 시원하게 조성했습니다. 거실에서 보는 푸른 잔디밭은 멋지고 평화로워 보여 지인은 무척이나 흡족해 했습니다. 하지만 날아든 풀씨가 삐죽삐죽 자라나 점점 잔디밭이 망가지니 예민하고 완벽주의에 가까운 그이는 마음이 편치 않았지요. 호미로 잡초를 제거하는 일이 봄과 여름의 중요한 일과가 됐고, 깔끔한 지인은 잡초 박멸로 깨끗해진 잔디 마당을 그렇게 수년간 즐겼습니다. 그러나 사방이 숲과 수풀로 싸인 곳이라 풀씨는 계속 날아들었고, 지인은 거의 매일 호미를 들고 잔디 마당에 쪼그려 앉아야 했습니다. 잔디에겐 무해하고 잡풀만 제거하는 농약이 시중에 있었지만 농약을 쓰지 않겠다는 생각에 계속 직접 잔디밭을 관리한 것입니다.

그의 혹사당하는 무릎을 보다 못해 제가 마당의 3분의 1만이라도 밭으로 조성하라고 권했습니다. 잘 관리하면 깨끗한 잔디 마당보다 작물이 자라는 모습이 더 아름답다고 말했습니다. 하지만 지인은 농작물을 수확하고 나면 휑하니 보기 싫다며 완벽한 잔디 마당을 포기하지 않았습니다. 결국 몇 년 동안 잔디밭 관리를 하다가 허리와 무릎에 무리가 갔습니다. 지인은 잡초 제거에 신물이 난다며 몇 번 푸념을 하더니 이런 저런 이유와 함께 주택을 떠나 읍내 아파트로 이사했습니다.

우리집에도 잔디 마당이 조그맣게 있습니다. 비나 눈이 오면 진창이 될 것을 대비해 정원에 잔디를 깔았지만, 대지 경계 주변에 나무를 심고, 맨 흙이었던 주택과 창고 주변에는 잔자갈을 깔았습니다. 진입로와 현관 앞, 뒤뜰엔 평평한 돌을 옮겨와 흔들리지 않게 심어 깔았습니다. 구분이 필요한 공간과 화단에도 작고 낮은 담을 쌓고 꽃나무를 심었습니다. 처음 이주했을 때 가꾼 마당의 잔디밭은 지금은 잡풀과 잔디가 6 대 4 정도 비율로 자리잡았습니다. 저는 잡풀과 잔디가 자라 어지러워질 때 예초기로 풀들을 5센티미터 정도 남기고 베어 버립니다. 그러면 보기에 썩 괜찮은 마당이 됩니다.

귀촌생활에서 가장 힘든 것은 풀 관리입니다. 풀 관리란 결국 잡초 제거 작업입니다. 밭이랑 사이의 잡초는 손으로 일일이 뽑아내거나 도구를 써서 제거하고 작물이 없는 빈터나 집 주변의 무성한 잡초는 보통 예초기로 제거합니다. 잡초 제거도 시기가 있어서 적당한 때를 넘기면 힘들어집니다. 잡초를 허리 높이가 되도록 방치했다가 예초기를 돌리면 날에 긴 풀이 휘감기게 됩니다. 이때는 작업을 멈추고 감긴 풀을 일일이 손으로 떼내야 하므로 엄청 번거롭고 일의 능률도 오르지 않습니다. 풀의 길이가 정강이 높이 이하 정도로 자랐을 때 작업을 해야 고생하지 않습니다.

등에 기계를 지고, 칼날이 달린 봉으로 땅바닥을 훑으며 풀을 베는 예초기 작업은 농사일 중 가장 힘든 작업입니다. 등 뒤의 기계에서는 매캐한 매연이 계속 나오고 거센 진동과 소음 때문에 괴롭습니다. 구부정한 작업 자세

때문에 허리와 팔이 가장 아픕니다. 게다가 무지막지하게 돌아가는 칼날에 다치지 않도록 잔뜩 긴장하게 됩니다. 예초기가 돌아가는 도중 나무 조각이나 돌이 얼굴로 날아들어 눈을 다칠 위험이 있으므로 작업 중에는 반드시 안전 고글을 착용해야 합니다. 그동안 예초기 작업을 하다 눈을 향해 튀어 오른 나뭇가지와 잔돌에 다칠 뻔했던 적이 한두 번이 아닙니다. 특히 땀이 많이 흐르는 여름이면 갑갑하고 귀찮아서 고글을 벗고 싶은 유혹에 넘어 갈 수 있습니다. 하지만 절대 고글을 벗어서는 안 됩니다.

칼날 대신 플라스틱 끈이 달린 예초기도 있습니다. 하지만 부드러운 풀에나 소용되는 것이라 농촌 사람들은 잘 사용하지 않습니다. TV의 홈쇼핑 등에서 가볍고 소음이 없는 예초기를 홍보하지만 그 역시 산소 벌초에나 적당하지 농촌 작업용이 아닙니다. 작은 가스통을 연료로 사용하는 예초기도 있습니다. 가볍고 소음이 적은데다 매연도 없지만, 장시간 작업할 때는 가스통을 자주 갈아주어야 하므로 이 또한 시골에서는 잘 사용하지 않습니다. 저 역시 이것저것 사용해 보다가 결국 휘발유를 사용하는 예초기를 선택했습니다.

20년 동안 예초기를 써왔지만 아직도 예초기는 저를 두렵게 만드는 도구입니다. 이제는 작업이 익숙해져 그 정도로 힘들지는 않습니다만 귀촌 초창기에는 예초기 작업 뒤, 식사를 할라치면 손이 덜덜 떨리고 팔이 욱신거려 숟가락을 입에 가져가기도 힘들었습니다. 만약 잡초 제거 문제를 해결했다면 시골살이에서 겪는 수고의 반 이상을 덜었다는 뜻입니다.

집을 짓고 나면 조경을 하게 됩니다. 전원마을이나 도시 인근 전원주택은 대부분 전문 조경 업체에 맡기거나 처음부터 집 설계에 포함해 시공하기도 합니다. 하지만 대부분의 시골 집은 직접 조경을 합니다. 조경이라는 거창한 말보다 집 주변 꾸미기라고 하는 게 어울리겠지요. 우리

집의 조경은 모두 제 손으로 가꿨습니다. 4년 정도 지나자 집 꼴이 볼 만해졌지만 일을 하느라 그새 몸무게가 7킬로 그램이 빠져 바지가 하나도 맞지 않게 돼 바지를 몽땅 읍내로 가져가 세탁소에 맡겨 수선했습니다.

각자 취향이 있으므로 집 안팎을 꾸미는 일은 정답이 없습니다. 각자 좋아하는 대로 하면 되지만 유의해야할 점이 있습니다. 나무와 화초를 고를 때는 집의 표고와 토질, 기후 등을 감안해야 합니다. 예전에 경남 하동에 사는 친구가 10년 된 단감나무 열 그루를 줬습니다. 힘들게 옮겨 와 심은 감나무는 2년 뒤 모두 말라 죽었습니다. 토질과 기온이 전혀 맞지 않는 곳에 심었기 때문이었습니다. 시골 이주 초기에 무지해서 저지른 만행으로 애꿎은 단감나무만 요절냈습니다.

나무와 화초를 심을 때는 따뜻한 지방에서 잘 자라는 종인지 추운 지방에서 잘 견디는 종인지 등 식물의 특징을 미리 파악해서 골라야 합니다. 표고 480미터인 우리집에서는 단감나무, 동백나무, 석류나무, 수국, 만리향, 천리향 등이 자라지 않았습니다. 연 평균 기온이 낮은 곳이기 때문입니다. 집 주변 꾸미기를 시작할 때 무엇을 키울 것인지 신중히 선택해야 낭패를 당하지 않습니다.

시골에서
개와 살기

우리는 시골살이를 시작하면서 '뭉치'를 데려왔습니다. 뭉치는 사슴 농장에서 분양받은, 어미가 낳은 지 두 달이 채 못 된 수컷 진돗개였습니다. 우리는 집을 짓고 남은 목재로 뭉치의 집을 지어 줬습니다. 하얀 털의 어린 진돗개가 얼마나 사랑스럽고 예쁜지 키워 보지 않은 이는 잘 모를 겁니다. 한없이 맑은 눈동자 하며, 새까맣고 촉촉한 콧잔등을 가진 뭉치가 마당을 폴짝폴짝 뛰어노는 모습은 오금이 저릴 만큼 귀여워 우리는 녀석에게서 눈을 떼지 못 했습니다. 사랑스런 뭉치를 위해 벽체와 지붕을 스티로폼으로 채우고, 지붕을 아스팔트 싱글로 마감한 고급 주택을

지어 줬지요. 뭉치 어미의 주인인 사슴 농장주는 뭉치의
혈통을 증명하는 증명서를 우리에게 줬습니다. 혈통증명
서에는 이 녀석의 부모와 조부, 조모 등이 표기돼 있었지
만 별로 눈여겨보진 않았습니다. 우리에게도 없는 족보가
녀석에게 있다니, 반려견 대접에 놀랄 뿐입니다. 순종이면
어떻고 잡종이라고 해도 무슨 문제가 있을까요. 별로 중요
하다고 여기지 않았습니다.

　우리는 누군가의 권유로 녀석을 뭉치라는 이름으로 부
르기 시작했습니다. 이 녀석이 이름을 따라 사고뭉치가 돼
말썽을 부리는 게 아닌가 했지만 소소한 몇 건의 말썽 외

에는 뭉치가 세상을 뜰 때까지 별 탈 없었습니다. 뭉치를 데리고 온 뒤, 혼자 있는 모습이 외로워 보여 '가을이'를 데려왔습니다. 가을이는 흔히들 말하는 잡종견으로 갈색과 노란 빛의 털이 고루 섞인 강아지였습니다. 암컷인 가을이는 뭉치의 절반 정도 되는 늘씬하고 작은 체구를 가지고 있었습니다. 가을이의 아들 '강산이'도 같이 살았습니다. 강산이는 가을이와 닮았지만 다리가 짧아 아내가 숏다리라고 놀리기도 했습니다. 우리는 그렇게 17년 동안 계속 강아지와 함께 살았습니다.

어느 날, 4개월쯤 된 뭉치와 같이 산책을 나섰습니다. 아직 어린 녀석이라 목줄을 하지 않았는데, 졸졸 따라오던 녀석이 갑자기 쏜살같이 풀숲으로 뛰어들어 갔습니다. 깜짝 놀라 그쪽을 보는데 꿩 한 마리가 데굴데굴 굴러 나왔습니다. 목이 꺾이고 날개를 파닥거리는 것으로 보아 방금 뭉치에게 습격당한 것 같았습니다. 얼른 꿩을 들어 안자 뭉치가 제 발밑에서 꿩을 향해 마구 뛰어올랐습니다. 아! 뒤늦게 이 녀석의 야성이 그대로 살아 있었다는 사실을 깨달았습니다. 순진무구한 눈과 사랑스럽기 짝이 없는 얼굴 때문에 예상하지 못했습니다. 축 늘어진 꿩을 안고 집으로 돌아와 뭉치를 묶은 뒤 꿩을 땅에 묻어 줬습니다. 이 녀석을 풀어 놓았다간 이 골짜기 꿩이며 다람쥐, 고슴도치가 남아날 리 없겠다는 생각에 이르자 고민이 시작됐습니다.

진돗개는 야성이 일부 살아 있고 산골에서는 사회성이 떨어질 수 있어 말썽을 원하지 않으면 목줄을 하는 게 맞다는 이웃들의 이야기가 떠올랐습니다. 외딴 곳에 살면서 목줄을 한다는 게 내키지 않아 차일피일 미루기는 했지만 마음에 걸리는 건 어쩔 수 없었습니다.

그러던 중 사건이 생겼습니다. 집 인근에 있는 작은 암자에 스님이 잠시 머물렀을 때였습니다. 절에서는 풍산개 한 마리, 진돗개 한 마리, 이렇게 두 마리를 암자 입구에 묶어 두고 키우고 있었습니다. 그런데 스님의 지인이 찾아와 무슨 이유에서인지 목줄을 풀어줬다고 합니다. 개들은 냅다 달려 1킬로미터쯤 떨어진 유황오리 농장에 뛰어들어가 오리 50여 마리의 목을 모조리 물어 죽이고, 염소 몇 마리까지 해치우고는 의기양양하게 돌아왔습니다. 입이며 가슴에 피를 잔뜩 묻히고 올라오던 개들을 밖에서 일을 하고 있던 제가 먼저 발견했습니다. 사고치고 오는 것이 뻔히 보였습니다. 자주 우리집에 와서 놀고 가던 개라 저는 녀석들을 불러 창고에 가두고 스님에게 알렸습니다. 화가 머리끝까지 난 농장 주인이 그날 저녁 불콰하게 술을 마시고는 몽둥이를 들고 찾아왔습니다. 얼마 뒤 골짜기에 개 울부짖는 소리가 진동했습니다. 오리 농장주와 스님이 적당히 합의하고 보상해 사건은 일단락 됐지만 고민하던 일을 현실에서 목격한 우리의 고민은 더 커져만 갔습니다. 결국 우리도 뭉치에게 목줄을 달 수밖에 없었습니다.

뭉치가 또 한 번 사고를 친 것은 그 녀석이 세 살이 됐을 무렵이었습니다. 딸아이가 주말에 내려와 뭉치를 데리고 산책하던 중 그만 목줄이 풀렸습니다. 이 녀석은 곧장 이웃 마을로 달려가 동네 느티나무 밑에 묶어놓은 염소 다섯 마리를 습격했습니다. 제가 달려가 녀석을 염소에서 떼려고 했지만 역부족이었습니다. 염소의 목덜미를 문 뭉치를 말리기 위해 꼬리를 잡아당겨 보기도 했지만 이 녀석은 또 다른 염소에게 덤비기를 반복했습니다. 기진맥진한 상황에서 아내가 달려와 뭉치를 잡는 데 겨우 성공했습니다. 다행히 크게 다친 염소가 없어 해프닝 정도로 일단락됐지만 우리가 받은 충격은 컸습니다. 도시에서 키우는 성견이 다른 동물을 해치는 경우는 별로 들어보지 못했습니다. 아무래도 인적이 드물고 다른 견종을 보기 어려운 산골의 개들은 사회성이 떨어지는 것 같았습니다.

이런 사건들 때문에 우리는 더 이상 뭉치를 풀어 놓을 엄두가 나지 않았습니다. 마을 사람들이 개들이 밭의 멀칭 비닐을 찢고 다닌다고 하여 목줄이 풀린 개를 발견하면 즉시 이장에게 신고했기 때문에도 풀어 놓는 것이 쉽지 않았습니다. 끝내 이 녀석은 묶인 채 일생을 보내야 했습니다. 뭉치는 13년을 살았고, 1년 정도 노병을 앓다가 죽었습니다.

뭉치와 같이 키웠던 가을이는 이웃에서 분양해서 데리고 온 녀석입니다. 뭉치보다 덩치가 훨씬 작아 둘은 부부가 되지는 못했지만 사이는 아주 좋았습니다. 어느 비오는 날, 뭉치의 집 안에서 둘이 나란히 얼굴을 내밀고 밖을 내다보고 있어 그 모습이 하도 신통해 파안대소한 적도 있었습니다.

가을이는 아주 영리하고 온순했습니다. 민박을 할 때 이 녀석은 손님을 인솔해 한 시간쯤 걸리는 폭포까지 다녀오곤 했습니다. 우리와 산책을 자주 해서 그 방면 산길에 아주 익숙했던 가을이는 손님이 골짜기로 향하면 항상 앞장서서 손님을 이끌었습니다. 헷갈리는 길이나 갈림길이 나타나면 기다렸다가 가는 가을이를 손님들은 신기해

했습니다. 가을이는 몸집이 작아 사람에게 위협적이지 않고 별다른 사고를 친 적도 없어 풀어놓고 키웠습니다. 아침에 현관문을 열면 항상 우리를 반갑게 맞이하는 가을이는 사랑을 듬뿍 받으며 자랐습니다. 그러다 일곱 살 때쯤 죽었습니다.

이 골짜기에는 호두나무가 많습니다. 호두를 수확할 철이 되면 어떤 이는 청설모가 나무를 타고 오르지 못하도록 나무 밑동치에 얇은 함석을 두릅니다. 또 어떤 이는 나무 아래에 농약이 든 음식을 놔둬 청설모를 죽입니다. 우리 밭에도 큰 호두나무가 있어 늦여름이면 큰 대야 가득 호두를 수확합니다. 청설모가 나무에 오르내리는 걸 봤지만 수확량에 큰 차이는 없습니다. 청설모가 호두를 따면 얼마나 따간다고 그런 방법을 쓰는지 모르겠습니다. 그러나 안타깝지만 우리가 그들의 방식에 간여할 수는 없습니다. 가을이는 청설모를 잡으려고 놔둔 농약이 든 음식을 먹고 죽었습니다. 아랫마을 할머니가 호두나무 아래에서 가을이가 독이 든 음식을 먹는 것을 봤다고 합니다. 가을이는 집에 와서 잠시 동안 괴로워하더니 입에서 거품을 내며 다리를 쭉 뻗고 더는 움직이지 않았습니다.

가을이는 죽기 전 세 마리의 새끼를 낳았습니다. 동네

사람들의 일설에 의하면 아랫동네 너른 마당 집 할머니 댁 카사노바(우리는 그 녀석을 그렇게 불렀습니다)가 가을이의 남편입니다. 그 카사노바는 온 동네 암캐들을 죄다 건드렸다고 합니다. 우리는 새끼를 낳은 지 며칠 만에 죽은 가을이를 대신해 강아지용 젖꼭지를 사서 어미를 잃은 강아지들에게 우유를 먹여 가며 밤낮으로 돌봤습니다. 세 마리 모두 키울 자신이 없어, 키울 사람을 수소문했지만 분양 희망자를 쉽게 찾을 수 없었습니다. 방법을 찾던 우리는 집 벽에 강아지 분양 공고를 써 붙였습니다. 공고를 보고 선량해 보이는 등산객 두 명이 찾아왔습니다. 잘 키울 것을 다짐받고, 두 마리를 분양했습니다. 남은 한 마리는 우리가 키우기로 결정했습니다. 그 녀석이 강산입니다.

강산이는 과연 예상대로 카사노바의 아들이었습니다. 제 애비를 닮아 못생기고 다리도 짤막했습니다. 게다가 성격은 엄청 까칠해서 우리 외에는 아무도 녀석을 만지거나 쓰다듬을 수 없었습니다. 우리도 좀 과하게 만진다 싶으면 째려보고 이빨을 드러냈습니다. 강산이가 외출해서 돌아다니는 동안 어떤 우여곡절을 겪었는지는 알 길이 없지만 도무지 이해하기 힘든 녀석이었습니다. 우리가 일반적으로 생각했던 강아지와는 다른 특이한 녀석이었습니다.

특히 집배원의 빨간 오토바이가 오면 전생에 무슨 원수를 만난 것처럼 짖어대고 난리도 아니었습니다. 강산이를 기르는 동안 집배원에게 미안한 적이 많았습니다.

어느 날 한밤에 녀석이 앙칼지게 짖는 소리가 계속 들려 밖으로 나갔습니다. 손전등을 비춰 보니, 집 뒤편의 헛개나무 아래에 고슴도치 한 마리가 작은 흙 웅덩이에 웅크리고 있었습니다. 강산이는 고슴도치 주위에서 짖고 있었고 고슴도치는 물리지 않으려고 얼굴을 가슴에 묻고 가시 털을 잔뜩 세우고 있었습니다. 강산이는 이 녀석의 배 쪽을 공격하려고 흙을 파내느라 바빴습니다. 자신의 몸을 부풀려 가시를 세우려고 푹푹 소리를 내면서 가쁜 호흡을 하고 있는 고슴도치가 안타까웠습니다. 고슴도치의 불안을 덜어주기 위해 부삽으로 떠서 들통에 넣고, 강산이가 접근하지 못하도록 창고에 뒀다가 다음 날 강산이가 외출하고 없을 때 고슴도치를 산에 풀어줬습니다. 그 이후에도 몇 차례 같은 상황이 되풀이됐습니다.

어머니가 오셨을 때 강산이가 쓰다듬는 어머니의 손을 물어 며칠 동안 병원 치료를 받아야 했던 적도 있습니다. 이 녀석의 까칠한 성질은 출동한 119 대원의 마취 총에 맞아 죽을 때까지 계속됐습니다.

하루는 동네 이장에게서 전화가 왔습니다. 아무개 집 마당에 개들이 몰려와서 나가지 않고 있는데 그중 한 마리가 당신 집 개 같다며 확인해 보라는 연락이었습니다. 녀석을 데리러 나서는데 강산이가 비실거리며 마당으로 들어왔습니다. 자세히 살펴보니 상처는 전혀 없는데 눈이 풀린 채 멍하니 땅바닥만 쳐다보며 비틀거렸습니다. 몸을 이리저리 만져봤지만 골절도 없는 듯했습니다. 워낙 튼튼해 아픈 적이 없던 녀석이라 하루 정도는 지켜보자고 생각해서 그날은 그냥 가만히 두었습니다. 아침에 일어나 강산이의 집을 들여다보니 이 녀석이 선 채로 면벽 수행 중입니다. 꼼짝도 하지 않고 벽만 보고 있는 품새가 이상했습니다. 가까이서 불렀지만 미동도 하지 않고 먹을 것을 줘도 입에 대지 않았습니다. 고통스러워 하지는 않았지만 넋이 나간 것 같았습니다. 더 두고 볼 수가 없어 동물병원에 데리고 갔습니다.

"마취제를 독하게 맞아서 곧 죽겠구먼요."

수의사가 이야기했습니다. 웬 마취제? 실상은 이러했습니다. 이웃 마을 할머니가 자기네 마당에 들어와 텃밭의 비닐을 찢고, 난장판을 만들며 놀고 있는 개를 쫓아내기 위해 119에 신고를 했다 합니다. 출동한 119 대원이 개들을 쫓았는데 다른 개들이 다 도망친 뒤에도 까칠한 강산이는 끝내 나가지 않고 대원을 향해 으르렁거린 것입니다. 결국 강산이는 119 대원이 쏜 마취총에 맞았습니다. 그런데 아직 강아지인 강산이가 맞은 마취제의 양이 문제였습니다. 성견에게 맞춘 용량이 녀석에게는 치사량이었던 것입니다. 워낙 어릴 때부터 성격이 유별나게 사나운 녀석이라 자신을 포획하려는 119 대원에게 녀석이 어떤 반응을 보였는지 짐작되므로, 정황을 듣고 누굴 탓할 수 없었습니다. 마당에 들어온 개들이 소란을 벌여 성가신 상황이었다는 것은 이해합니다. 그렇다고 119 대원까지 불렀다는 게 좀 서운했지만, 시골 사람들의 짐승에 대한 담백한 인식을 잘 알기에 아무런 항의도 하지 않았습니다.

도시인이 반려동물을 키우는 정서와, 이런 시골의 정서는 많이 다르다고 보면 됩니다. 도시에서는 반려동물을 가족의 일원처럼 키우지만 여기서는 대개가 그냥 짐승일 뿐일 경우가 많습니다. 사람에 따라서는 수년 동안 키우던 개를 두들겨 패서 몸보신용 개소주를 만들어 먹기도 합니다. 이런 정서가 이상하지 않은 곳입니다. 물론, 도시의 반려동물이라 해서 끔찍이 사랑받는 녀석만 있는 건 아니지만, 도시와 시골 사람들의 반려동물에 대한 일반적 정서가 많이 다르다는 건 분명합니다.

"안락사 시켜 줄까요?"

수의사가 갸우뚱하며 주사를 한 대 놓더니 물었습니다. 대답을 않고 녀석을 집에 데리고 왔습니다. 그날 저녁 강산이는 죽었습니다.

우리는 개에 대해 너무 아는 게 없었습니다. 그저 사랑해 주고 보살펴 주며 좋은 먹이만 주면 되는 걸로 알고 있었지요. 요즘 TV에서는 반려동물에 관한 프로그램이 많고, 전문가도 활발하게 활동해서 많은 정보를 접할 수 있습니다. 이젠 개의 행동 양식에 대해 조금은 이해가 생겼다고 여기지만, 2년간 개를 키우지 않아 생긴 여유를 버리기 아깝기도 합니다. 개와 같이 살면 가장 곤란한 점은 우리가 장기간 집을 비워야 할 때입니다. 외딴 산골에 개를 두고 떠나는 것은 정말 괴로운 일입니다. 묶어 둔 개는 말할 것도 없고, 풀어 두는 개 역시 먹이와 물을 줘야 하고, 주인이 없으면 안절부절 못합니다. 그걸 뻔히 알면서 장기간 집을 비우는 일은 정말 난감합니다. 우리는 일 년에 한두 번, 길게는 45일, 평균 20~30일 가량 여행으로 집을 비웠습니다. 친한 이웃에게 매일 들러 먹이와 물을 주도록 부탁하거나, 지인의 집에 녀석들을 데리고 가기도 했습니다. 이마저 여의치 않을 땐 이웃의 대학생 아들이 방학을 맞아 집에 있을 때 아르바이트비를 주면서 부탁하기도 했고 사찰의 비구니 스님에게 부탁하고 떠나기도 했습니다. 여행에서 돌아오면 녀석들의 몰골은 항상 심란한 지경으로 변해 있었습니다. 개를 키우지 않으면 더 이상 그 모습을 보지 않아도 됐습니다.

개를 이해할수록 키우기 어렵다는 걸 깨달았기 때문에 아직 마음의 준비가 되지 않은 것도 개를 데려오지 않는 이유 중 하나입니다. 반려견의 생명이 다할 때까지 책임지지 않을 거면 차라리 키우지 않는 것이 좋다는 사실을 잘 알고 있기 때문입니다. 무엇보다 뭉치와 가을이, 강산이의 마지막 과정을 떠올리면 너무 괴로웠기 때문에 그 후유증으로 개를 키울 수 없었습니다. 한편으로는 이런 외딴 산골에서 개와 더불어 산다는 것이 얼마나 행복한 일인지 알기에 고민이 되기는 합니다.

반려견과 함께하면 키워 보지 않은 이들은 이해하기 어려운 위안을 얻습니다. 개는 단순한 반려동물이 아닌 완벽한 가족 같습니다. 이런 시골에서 그들에게서 얻은 위안과 즐거움, 행복감은 계량하기 어렵습니다. 어떤 이웃이나 가족보다 더 가깝게 여겨질 때도 많습니다. 지금도 우리는 세 녀석과의 행복했던 추억과, 마지막 이별의 아픔 때문에 다른 녀석을 받아들일 결정을 차마 못하고 있습니다.

이방인의
방문

이방인이라는 표현은 뭐 거창한 건 아니고, 이곳 시골 사는 이가 아니면 다 이방인이라고 이야기합니다. 집을 짓고 입주하고 나자 여기저기 지인들의 전화가 왔습니다. 그때까지 제 주변에는 시골로 이주한 이가 없었기 때문인지 호기심이 동한 이들이 이런저런 정보를 듣고서 하나둘 찾아오기 시작했습니다. 직장을 다니는 중에 귀촌에 대한 로망으로 직접 현장을 보고 싶어하는 사람도 있었습니다. 이러다 보니 평소에 별로 친분이 없었던 이들도 지인과 함께 방문해서, 3년 정도 주말마다 손님 방문이 끊이지 않았습니다. 주로 제 근거지였던 부산에서 오는 손님들이 많왔던 탓에 숙식까지 준비해야 해서 조금 힘들었습니다. 그렇지만 3년이 지나자 이 상황은 대충 정리가 됐습니다. 호기심이 충족된 이들은 다시 오지 않았고, 친한 친구들만 간간이 오게 되었습니다.

오는 이마다 하는 질문은 다 비슷했습니다.

"이렇게 외딴 골짜기가 밤엔 무섭지 않나?"

"생활비는 얼마나 드나?"

"심심하지 않나?"

"도시와 달리 문화생활을 못하는 게 아니냐."

평범하기 그지없는 질문이지만 그들에겐 가장 궁금한 점이었습니다. 저는 이렇게 대답했습니다.

"밤에는 개 두 마리가 촉을 세우고 있어서 사람이나 짐승이 지나가면 요란하게 짖는지라 안심이 되고, 해가 진 뒤에 우리집 현관문을 두드리는 경우는 아직까지 한 번도 없었으므로 괜찮다. 그리고 자기 집이라는 의식 탓인지 무섭거나 불안한 것은 전혀 없다. 개가 짖는 소리는 사람이 지나갈 때와 짐승이 지나갈 때 소리가 다르다. 사람이 지나갈 때는 짖는 소리가 그다지 빠르지 않고 앙칼지지 않지만, 짐승이 지나갈 때는 굉장히 빠르고 앙칼져서 구분된다."

"생활비는 30만 원에서 300만 원 정도 든다. 부식을 자급자족하고, 외출은 자제하고, 지인들과 교류하는 것을 덜하면 30만 원으로 가능하고, 도시에서의 씀씀이와 절제되지 못한 생활을 지속하면 300만 원도 부족하다. 결국 30만 원으로도 살 수 있고, 300만 원을 쓸 수도 있다는 이야기다. 하지만 기본적으로 시골생활은 근검절약이 반드시 필요하다. 왜냐하면 낭비하는 생활을 하면 필연코 시골생활이 금방 싫증날 테고, 또 시골에 사는 의미도 없어지기 때문이다."

"문화생활을 이야기하지만, 우리가 도시생활을 하면서 얼마나 문화생활을 누렸는지 돌아봐야 한다. 보통 우리 나이쯤에는 한 달에 한 번이나 두세 달에 한 번쯤 영화관에 가고 각종 공연장에 가는 횟수는 일 년에 한 번 있을까 말까 하는 정도가 아닌가? 특별한 취미 생활을 가지고 있지 못한 이들의 도시 문화 향유는 그 정도다. 지독한 경쟁사회와 직장 문화 탓에 우리는 그렇게 살아왔다. 또, 각종 문화 이벤트에 접근하는 것이 쉽지 않고 귀찮기도 해서 사실 마니아층이 아니면 솔직히 문화생활이라는 것이 보통 사람에게 그리 보편적 향유가 되지 못한다. 우리 고장의 경우, 군郡 전체의 면적은 크지만 인구는 대도시 동洞

규모밖에 되지 않는다. 그러나 있을 건 다 있다. 복지회관도 있어 50여 가지 취미 생활이나 교양 함양 프로그램을 신청만 하면 수강할 수 있고, 문화예술회관에서는 주말이면 상영 중인 영화를 감상할 수도 있다. 각종 공연도 많다. 그래서 솔직히 나 같은 경우, 도시에 살 때보다 시골에 살면서 문화생활을 훨씬 많이 즐긴다. 왜냐하면 공연장에 접근하기가 도시와 비교조차 되지 않을 정도로 수월하고, 지자체의 지원으로 관람료 등이 도시에 비해 말도 되지 않을 정도로 저렴하다. 또 주차에 대한 스트레스가 전혀 없으며 문화 이벤트에 대한 접근성, 경제성, 즉시성 등이 월등하다. 공연 등의 수준도 대도시 못지않다."

사실이 그렇습니다. 출근 없는 삶이 시작된 탓도 있지만 여러 면에서 문화생활을 즐기기에 시골이 도시보다 유리한 점이 많습니다. 그러나 장황한 설명과 자랑을 늘어놓아도 이방인들의 반응은 시큰둥하거나 정말 그렇냐며 뜨악한 표정들을 짓는 것이 대부분입니다. 문화생활이라는 화두를 꺼냈지만 사실 그들도 제대로 된 문화생활이 어떤 것인지 잘 알지 못하기 때문입니다.

"심심하지 않느냐"는 물음도 많았습니다. 대도시 생활을 돌이켜보면 심심할 틈이 당연히 없었습니다. 후다닥 일어나 출근하고, 직장에서는 하루 종일 업무에 둘러싸여 있고, 퇴근하면 손님 접대다, 회식이다, 송별연이다, 환영연이다 해서 우리네 사회의 고질적인 조직 문화에 함몰돼 있었기 때문입니다. 이곳 생활은 물론 완전히 다릅니다. 여유가 넘친다기 보다는 자기 하기 나름이라는 뜻입니다. 종일 뒹굴어도 되지만 저 같은 경우에는 이곳에 이주하고 5년 동안 심심할 겨를이 없었습니다. 집과 창고를 짓고 떠난 목수들을 배웅하고 나니 할 일이 태산이었습니다. 밭으로 쓰던 900평의 땅 위에 대지를 200평 분할하고 보니 밭 위에 집과 창고만 덩그러니 있는 꼴이었습니다. 그러니 일이 많을 수밖에요.

5년이 지나자 이런저런 일들이 익숙해지면서 슬슬 외로워지기 시작했습니다. 심심하다는 것과는 좀 달랐습니다. 방문객도 거의 없고 골짜기 마지막 집인 이곳에서 사람 구경이라곤 택배 아저씨와 집배원이 어쩌다 올 때 뿐이었습니다. 대화할 상대가 없다는 걸 의식하자 외로워졌습니다. 하루 종일 말 한마디 하지 않고 지나가는 날도 있었습니다. 그때 마침 만나게 된 이웃들이 있습니다. 바로 함께 두레 모임을 하는 이들입니다.

공동체 실험,
두레 모임

우리는 16년 넘게 두레 모임을 하고 있습니다. '두레'라는 말은 여러 가지 뜻을 가지고 있습니다. 농민들이 농번기에 농사일을 공동으로 도모하기 위해 부락이나 마을 단위로 만든 조직이라고 정의하기도 하고, 풍물놀이를 달리 이르는 말이라고도 하며, 둘레의 방언이라고도 합니다. 또, 7, 8월에 걸쳐 마을의 부녀자들이 일정한 장소에 모여 공동으로 길쌈을 하는 일을 말하기도 합니다. 제가 이야기하고자 하는 두레는 '협력해서 공동으로 도모하는'이라는 뜻입니다.

이주한 지 5년 정도 지나자 시골 생활에 적응하고 익숙해졌습니다. 집 주변 정리도 끝나고, 주말에 지인들의 방문도 뜸해지자 슬슬 외로워지기 시작했습니다. 도시 생활에 익숙했던 몸은 문제 해결이 끝나자 좀이 쑤셔 왔습니다. 해외 배낭여행을 자주 했지만, 인근에서 공감과 친분을 나눌 이들이 필요하다는 걸 느꼈습니다. 전혀 연고가 없는 고장으로 이주했으므로 이 고장에 아무런 지인이 없었습니다. 그러던 차에 가까이 지내던 이로부터 작은 모임을 시작한다는 소식을 듣고 참여하게 됐습니다. 당시 김종철 선생이 발행인으로 있던 《녹색평론》을 읽고 서로 토론 모임을 하기로 한 귀농, 귀촌인 들이었습니다. 경제적으로 풍족하진 않지만 그렇다고 농사 수입이 반드시 있어야 할 정도는 아니고, 생태적이고 검소한 생활을 하는 이들이 주였습니다.

가까운 이웃 면面과 우리 면 소재에 다섯 가구로 시작한 만남이 16년 동안 계속됐습니다. 지금은 열 가구 18명이 2개월에 한 번씩 만나는 두레 모임으로 확장됐습니다. 정한 날이 되면 각 가정에서 반찬이나 간단한 요리 한 가지씩을 준비해서 순번대로 정한 가정에서 모임을 갖습니다. 주최 가정에서는 밥과 국을 준비해 회원을 맞이합니다.

외딴 집에, 그것도 산골에 사는지라 이런저런 수리할 부분이나 자그마한 헛간 짓기, 논두렁 보수 작업, 지붕 수선 작업과 모내기, 장작 작업 등 다수의 힘이 필요할 때 도움을 요청하면 시간이 되는 이들이 나서서 공동 작업을 하기도 합니다. 도시에서 살 때 가졌던 직업이나 경험을 살려 도움을 주는 경우도 많습니다. 전기나 용접, 목공 부문 등은, 전문 직업인은 아니지만 소질이 있는 회원에게 도움을 받습니다. 집을 짓고, 구들을 놓고, 화장실을 만드는 일을 같이 하기도 합니다. 함께하면 힘든 일도 뿌듯하고 즐거운 일이 됩니다. 여러 사람이 힘을 보태야 하는 논일은 돕는 사람이 많을수록 특히 좋습니다. 예전 우리 조상은 모를 심고 못줄을 잡는 일을 두레 작업으로 했었습니다. 요즘은 이양기로 단숨에 모를 심지만요. 기계가 모심기 두레 작업을 없애버렸지만 그래도 시골에서는 여전히 다른 사람의 도움이 필요한 일이 있습니다. 혼자서는 할 수 없는 일을 힘을 모아 작업하면 능률도 오르고 훨씬 즐거운 작업이 됩니다.

무엇보다도 이들은 시골생활에서 정신적 버팀목이 됩니다. 도시에서 이주해 왔고, 경제적 수준, 정치나 사회에 대한 인식, 생활방식이나 철학 등 공통점이 많아 서로 이질감 없이 어울릴 수 있었던 것도 오랫동안 관계를 맺은 비결입니다. 개인별로 보면 개성이 뚜렷한 이들인데도 조화를 이룰 수 있었던 게 좀 신기하기도 합니다. 하지만 100퍼센트 완벽하진 않아서 몇 년 전 한 가정이 모임에서 나간 경우도 있었습니다. 그의 성향은 존중돼야 하므로 다들 나간 회원의 입장을 인정했습니다.

'두레'라고 명명했지만 두레 작업만을 위한 모임은 물론 아닙니다. 모두 형제처럼 친밀하게 지내며 좋은 대화를 겸한 친목 모임이기도 합니다. 시골에서는 더욱 필요한 삶의 요소입니다. 회원 대부분이 인가와 떨어진 곳에 거주하기 때문에 원래 말하기를 좋아하는 이를 제외하고는 일상에서 거의 입을 다물고 생활합니다. 이런 패턴의 생활을 오래 하면 간혹 오랜만에 만난 지인과 대화를 나눌 때 단어의 선택이나 어휘의 구사가 서툴러져서 다소 불편을 느끼기도 합니다. 평상시에 어느 정도 대화를 나눌 상대가 필요한 것입니다. 두레 모임을 하다 보면 개별적으로 친분을 나누는 그룹도 생겨나서 그들과 자주 만나 대화할 기회를 갖습니다. 친밀한 이들과 만나 즐겁게 대화를 나누는 순간은 소소한 행복을 맛보는 시간이기도 합니다. 이래저래 두레 모임은 우리 생활의 활력소입니다.

외국에는 이 같은 두레 모임에서 발전하여 마을 단위로 공동체를 꾸리는 경우가 많다고 합니다. 공동체 신앙을 모체로 한 모델인 북미의 아미시나, 생태 공동체인 인도의 오르빌이 바로 그 예입니다. 우리나라에도 마을 공동의 문제를 주민 스스로 계획을 수립하고 실행하는 공동체 마을 사업을 실행하고 있기는 합니다. 그러나 제대로 기능하고 있는 공동체 마을은 몇 손가락에 꼽을 정도밖에 되지 않는다고 합니다.

공동체 마을을 제대로 구현하기 위해서는 기능적인 면

에서, 마을의 공동 식당, 공동 책방, 공동 돌봄방, 공동 작업장, 공용 농기구와 차량, 공동·위락장 등을 갖추고, 치열한 토론을 통한 규약 제정, 공동 생산물에 대한 분배 방식 등을 정해야 할 것입니다. 안타깝게도 우리나라에서 그런 정도로 발전한 마을은 거의 보지 못한 것 같습니다. 대부분 하나의 로망으로 여기고 있는 정도입니다. 지극히 개인적 생활에 익숙했던 도시인이 시골에서 무리를 이루고 공동체를 만드는 게 과연 가능한 일이냐에 대해서는 다양한 의견이 있겠지만 저는 좀 회의적입니다. 물론 느슨한 형태의 공동체(공동체라고 정의하긴 뭣하지만)를 형성하고 서로 자립권을 인정하는 모임도 있습니다. 현재 제가 속해 있는 두레 모임에서 몇 가구는 농부 모임을 따로 만들어 논농사를 공동 경작합니다. 예로 들었던 다른 나라의 공동체 사업처럼 '공동체'라는 말이 어색하지 않을 그룹이 우리나라에는 현실적으로 만들어지기 어려운 실정이기에 저는 이 정도의 모임도 소중하게 여기며 만족하고 있습니다.

지금도 두레 멤버들과 많은 일을 함께합니다. 집을 지으며 구들을 놓거나 화장실을 만들기도 하고 또 땔감용 통나무를 쌓을 때 돕기도 합니다. 모심기 작업, 논두렁 보수 작업, 배 봉지 씌우기 등 함께할 수 있는 일을 서로 돕고 나누며 많은 행복을 맛보았습니다. 정겨운 사람끼리 척 척 손발 맞는 노동을 하고 있노라면 이것이 최고의 행복 이 아닐까 싶습니다.

3장

시골의 사람들

이웃

시골이라 해서 모두 비슷한 환경을 갖추고 있는 것은 물론 아닙니다. 개성이나 경제 수준의 정도, 시골에 사는 이유, 마을의 소소한 역사나 자잘한 문화와 지자체의 관심 정도 등 많은 부분이 다릅니다. 하지만 크게 보면 대동소이한 면도 많습니다. TV에 가끔 소개되는 수도권 인근 전원마을처럼 자연 속에 있지만 생활 양상은 도시와 별로 다를 것이 없는 곳과 달리, 보통 평범한 시골 마을엔 노인 수가 압도적으로 많습니다. 60대는 청춘이고 70대는 중년, 80대가 돼서야 노년으로 대우 받습니다. 할아버지는 거의 없고 할머니들께서 마을을 지킵니다. 아주 소수의 도시 이주자가 끼어 살고 있는데 아마 도시 이주자가 없으면 시골마을은 할머니들의 세상일 것입니다. 이곳에서 나고, 일하고, 결혼하고, 자식 낳고 이제는 노년을 맞은 할머니들은 자연히 도시 이주자와 이웃이 됩니다. 간혹, 마을 이장을 하거나 소를 여러 마리 키우는 근력 좋은 할아버지가 드물게 계시긴 합니다. 처음 이곳에 정착할 때 이웃 주민과 소통하고, 그들과 스스럼없이 지내겠노라고 마음먹었지만 그런 소통을 할 수 있는 상대가 없음에 놀랐습니다.

제가 쉰하나에 이곳에 왔을 때 우리는 '젊은이'와 '새댁'이었습니다. 그들이 소통을 시도하기에 우리가 너무 젊고, 우리가 다가가기엔 그들과 나이 차가 많이 났습니다. 게다가 우리는 넉살이 좋은 편도 아닐 뿐더러 다소 까칠한 면까지 있어 소통에 어려움을 겪었습니다. 처음 이주했을 때 벌어진 몇 가지 소소한 사건이 그런 고충을 더욱 부채질했습니다. 물론 지금은 이웃과 대개 좋은 관계를 유지하고 서로 필요할 때 찾는 정도의 소통을 하고 있긴 합니다.

키우던 개 뭉치가 이웃 마을로 내달려 염소를 공격했다는 일화는 앞서 이야기했습니다. 뭉치를 추적해 현장에 도착했을 때, 녀석은 여섯 마리의 염소를 번갈아 가며 목덜미를 물거나 등에 올라타는 등 도무지 손을 쓰기 어려울 정도로 난리를 피우고 있었습니다. 뭉치를 뜯어 말리느라 악전고투를 벌이고 있는 저를 마을 할머니 몇 분이 둘러서서 지켜봤습니다. 저는 다급히 염소의 묶인 줄을 풀어 집으로 데리고 가 달라고 외쳤지만 망연히 쳐다볼 뿐 아무도 움직이지 않았습니다. 휴대폰도 없이 급히 달려갔으므로 집에 전화도 할 수 없었습니다. 할머니들께 전화번호를 외치며 집에 전화해 달라고 했지만 눈만 껌뻑껌뻑할 뿐 뭉치의 꼬리를 잡고 이리 뛰고 저리 뛰는 저를 구경만 했습니다. 길길이 날뛰는 뭉치의 기세에 할머니들께서 엄두를 내지 못하셨는지도 모릅니다. 마침 그 현장 근처에 지방 도로가 있어 지나가는 차를 세워 집에 전화해 달라고 부탁했지요. 전화를 받고 달려 온 아내가 뭉치를 덮쳐 안아 간신히 떼어놓았고 상황이 종료됐습니다. 할머니들께서는 때마침 명절을 맞아 귀향한 가족들이 도착해 모두 집으로 들어가 버렸습니다.

그 일로 저는 한동안 적지 않은 혼란을 겪어야 했습니다. 그 동네는 우리집에서 걸어서 7~8분 거리의 작은 마을입니다. 행정 구역이 우리집과 같고, 같은 이장이 관할합니다. 우리집 상량식을 했을 때 마을 사람들을 초대해서 술과 음식을 나눴기에 할머니들은 우리를 알고 있었다고 생각합니다. 또, 우리집 건축 때는 두 달 가까이 어머니와 제가 이 마을에서 기거했기 때문에 우리를 모를 리 없습니다. 그래서 이런 상황을 어떻게 이해해야 하는지 도무지 갈피를 잡을 수 없었습니다.

그 일이 있고 얼마 지나지 않아 마을에 화재가 났습니다. 밭에서 일하다 마을 쪽을 보니 연기가 솟구쳐 올랐습니다. 뛰어가 보니 80대 초반의 노인 부부가 기거하는 집이 불타오르고 있었습니다. 불길은 낡은 지붕과 집 뒤편에 잔뜩 쌓아놓은 빈 벌통을 태우며 세차게 번졌습니다. 때마침 선거 운동(당시 지방 군의회 의원 선거가 있었습니다) 때문에 왔던 의원 후보자가 운전기사와 함께 어쩔 줄 모르고 우왕좌왕하고 있었습니다. 우선 119에 신고하고 옆 개울물을 끼얹었지만 우리 셋이 불길을 잡기에는 이미 역부족이었습니다. 잠시 후 소방차가 도착해 불은 싱겁게 꺼졌지만 집은 이미 거의 전소돼 복구가 불가능해 보였습니다. 사실 워낙 오래된 데다 허술하게 지은 집이라 별로 오래 탈 것이 없기도 했습니다. 불이 꺼지고 흰 연기만 나는 잿더미가 된 집을 바라보다가 문득 그때까지 동네 사람이 아무도 나와 있지 않은 것을 알았습니다. 처음엔 동네 노인들이 모두 봄놀이라도 떠난 줄 알았지만, 불난 현장에 아무도 나오지 않았다는 것을 알고부터 참 괴이한 기분이 들었습니다. 노인들이 몇 나왔다 해도 할 수 있는 일이 없기도 했지만 말입니다. 그렇지만 얼마간 느껴지는 깨름칙한 기분은 어쩔 수 없었습니다. 다행히 이웃집과 떨어져 있고 바람도 없었던 날이라 불이 옮겨 붙지는 않았습니다. 하지만 이웃에 불이 났는데 나와 보지도 않는다는 건 정상적이지 않는 일임에는 틀림없습니다.

나중에 들은 이야기로는 불난 집의 노인은 조상으로부터 이 동네의 토지 대부분을 물려받은 분이라고 합니다. 화전민으로 이곳에 정착한 사람들이 그 분의 소작인으로 일하다가 세경으로 땅을 조금씩 나눠 받았다고 합니다. 그런 과정에서 지주와 소작인들 사이에 갈등과 반목이 생겼고 지금까지 그 앙금이 남아 있다는 것입니다. 이웃 마을은 읍에서 가장 외곽에 있습니다. 말하자면 가장 높은 곳에 있고 지방 지역 버스의 종점입니다. 평지에서 땅 한 뙈기 가질 수 없었던 가난한 이들은 해발 500미터 가까운 땅을 개간해, 얼마 되지 않는 평지밭을 얻어 뼈빠지게 농사지었습니다. 그 중 상당량을 지주에게 바치고 나머지로 근근이 살아왔던 것입니다. 그래서 그들은 마음의 여유가 없었는지도 모릅니다. 넓은 들이 인심도 후하다고 하지 않습니까. 먹고 살기 힘들고 빠듯하면 남을 돌아볼 여유가 없는 게 당연하지 않을까요?

농촌이라 해서 모두 이곳과 같진 않겠지요. 작은 공동체를 이루고 오순도순 살아가는 마을도 물론 있을 것입니다. 전해 들은 이 마을의 역사가 얼마나 신빙성이 있는지, 아니면 제게 전해 준 이가 얼마나 객관적인 사실을 알고 있었는지 저는 잘 알지 못합니다. 지금은 지주였던 노인과 제게 전해준 이가 모두 이 세상 사람이 아니니 확인할 수도 없습니다. 어쨌든, 이런 끔찍한 짐작이 거론되는 자체가 참담하기 그지없었습니다. 그런 이유 때문에 이웃집이 불타고 있는데 아무도 나와 보지 않았다? 괜한 헛소문이라고 치부하고 싶었습니다. 이웃 마을의 싸한 느낌은 한동안 저를 우울하게 했습니다. 막연히 가지고 있던 농촌 마을에 대한 환상이 깨지고, 조금은 처참한 기분이 돼 이웃 마을에서 마음이 조금 멀어졌습니다.

집 건축 공사 중 이 마을에 두 달 가량 살았던 적이 있습니다. 그러고 보면 마을에 다툼 소리가 잦았습니다. 70대 초로의 할머니와 더 나이가 드신 할머니가 호두나무가 자기네 집 담벼락 넘어서 그 가지를 베어버렸다고 길

바닥에서 뒹굴며 싸우는 것을 여러 차례 봤습니다. 그 당시 같이 기거하던 어머니가 "애야, 여긴 왜 이러냐" 하시며 기막혀 하시곤 했습니다. 마을과 우리집은 작은 등성이가 막고 있어서 일부러 가지 않으면 보이지 않습니다. 또 우리집 인근에는 농지가 없으므로 서로가 왕래할 일도 없습니다. 삭막한 마을 분위기에 저의 편협과 무심함이 더해져 현재 이웃 마을 사람과의 교류는 거의 없습니다. 아랫마을 몇 분과 친분 관계를 유지하고 있는 정도로 만족하고 있습니다.

이런 일도 있었습니다. 산책을 나갔다가 돌아오는 길에 아랫마을 식당 주인이 저를 불러 세웠습니다. 그가 일러준 말에 의하면 이장이 우리를 욕하며 비난하더라는 겁니다. 짧은 대화도 별로 나눈 적 없던 이가 우릴 욕할 일이 뭐가 있을까요?

내용인즉, 마을 한편에 낡은 정자가 한 채 있었는데 면사무소에서 제대로 된 기와 정자를 새로 만들어 세우고 낡은 정자를 철거했습니다. 이 철거된 낡은 정자를 이장이 마을 사람들의 양해도 구하지 않고 자신이 운영하는 식당 한편으로 옮겨 가져 갔답니다. 이것에 불만을 품은 누군가 군청에 민원을 넣어서 조사를 하러 나온 것입니다. 그 결과, 정자는 철거된 것이기는 하나 동네 재산이므로 옮긴 정자를 되돌려 놓거나 정자 가격을 얼마간 동네 기금으로 내놓게 됐습니다. 그런데 그 민원 제기자가 당신 부인일 것이다, 이 마을을 통틀어 당신 부인과 자신만이 민원을 넣은 사람과 같은 성씨라 사람들이 의심하고 있다는 이야기였습니다. 식당 주인은 자신이 아니라고 부인했기 때문에 그를 비롯한 마을 사람 모두가 아내가 민원인이라 확신하고 있었습니다. 정자가 새로 지어진 것도, 철거된 정자가 이장 댁으로 옮겨진 것 역시 마을과 뚝 떨어져 살고 있는 우리가 알 리 없습니다. 어쨌든 그런 연유로 이장은 우리를 동네에 분란을 일으킨 사람으로 만든 것입니다.

가끔 만났던 마을 어르신들께 꼬박꼬박 예를 갖춰 응대한 우리의 노력이 무색해졌습니다. 그냥 넘길 일이 아니었습니다. 다음날 면소재지에 가서 면장을 면담하고 담당자를 만나 따졌습니다. 우리가 민원을 제기한 것은 아니지만, 민원 제기자의 신상이 어떻게 피민원자에게 갔느냐, 이런 식이면 부당한 일에 누군들 민원 제기를 할 수 있겠느냐, 민원자의 신상이 알려져 마을에 큰 분란이 일어나고, 서로 불신하게 됐지 않으냐⋯⋯.

결국 공무원이 나서 주민과 이장 간의 중재를 서게 됐습니다. 상황은 일단락됐고, 진짜 민원 제기자는 저에게 정자 사건을 알려 준 식당 주인의 아들이라는 게 알려졌습니다. 이로써 이장이나 동네 사람들의 오해는 풀렸지만, 시골 사람들이 도시에서 이주해 온 귀농, 귀촌자 들을 바라보는 시선이 어떤지 경험한 사건이었습니다.

마을 구성원에 따라, 마을의 환경에 따라 조금씩 차이는 있겠지만 기본적으로 도시 이주자에게 갖는 마을 토박이의 인식은 비슷한 것 같습니다. 우선, 괜한 경계심입니다. 도시에서 온 녀석은 자기네보다 영리 또는 영악해서 자신이 뭔가 피해를 볼 수 있다거나, 기만당할 우려가 있다는 생각을 가지고 있는 듯합니다. 사실, 귀농, 귀촌자 들은 낯선 지역에 정착하기 위해서 지역민에게 잘 보여야 한다는 막연한 생각을 갖고 있습니다. 그렇기에 이주자가 토착민에게 피해를 주거나 기만할 일은 거의 없습니다. 하지만 시골 사람들은 본능적으로 이주자에게 그렇게 반응하는 것 같습니다.

유달리 호화롭고 큰 주택을 짓는다든지, 커다란 대문과 높은 담장, 넓은 잔디 깔린 정원을 조성할 경우, 땅 한 뙈기에 예민한 그들에게 위화감을 줄 수 있습니다. 마을 토박이는 귀농자에겐 관대하고 배려심을 보이지만, 귀촌자에겐 그리 호의적이지 않습니다. 간혹 "나는 너희와는 다른 인간이야" 하는 냄새를 풀풀 풍기는 얼빠진 귀촌자가 있습니다. 도시 이주자들도 사람 나름이긴 합니다만 그런 선입견을 깨려면 세심한 부분까지 신경써야 합니다. 꼭 큰 집을 지을 계획이라면 마을에서 뚝 떨어진 곳에 짓는 것이 좋습니다.

처음 이주했을 때 우리 부부는 그 당시 이장에게 찾아가 인사를 했습니다. 동네에서 정한 규약이나 우리가 해야 할 일이 있으면 알려 달라고 부탁했습니다. 이듬해 이른 봄에 동네 노인들이 관광버스를 타고 봄나들이 갈 때 술과 음료수 등을 몇 박스 실어드렸습니다. 그리고 잘 다녀오시라고 인사하고 돌아왔는데 이게 잘못인 줄 뒤늦게 깨달았습니다. 술과 음료수 등의 호의보다도, 그들과 함께 가서 차 안에서 노래도 부르고 춤도 춰야 했던 것입니다. 그 정도의 체면치레로 감복할 노인이 없는 줄 몰랐던 게지요. 그런 넉살과 배포가 없는 우리는 그들과 쉽게 융합하기가 어려웠습니다.

사실, 동네 노인 몇 분과 대화도 나눠 보고 농사일에

대해 질문도 했었지만 몇 마디 하고 나면 금방 말문이 막혀버립니다. 서로의 대화 방식이 달라 내용이 잘 연결이 되지 않아서 5분 정도 있으면 할 말이 없습니다. 도시에 나가 살고 있는 그들의 아들 딸, 손자, 사위, 며느리, 사돈까지. 마을 사람들의 이야기를 듣기 시작하면 끝이 없고 일면식도 없는 그들의 피붙이 이야기를 끝까지 들어 주며 맞장구치기엔 우리의 인내심도 형편없습니다. 그러니 점점 그들과 멀어졌습니다.

성실한 귀농자가 돼서 그들에게 수시로 다가가서 농사일에 대한 조언을 구하고, 그들의 일을 도와주며 같이 막걸리라도 마시면 단박에 친밀해질 수도 있겠지요. 그렇지만 도시에서 귀촌한 이들의 나이 역시 젊어야 50대고, 60~70대가 대부분이니 그런 열정을 기대하기 어려운 것 아니겠습니까. 저의 시골살이 이웃 관계는 참 무미건조하고 부정적인 편입니다. 이곳은 귀농, 귀촌자가 거의 없고, 적극적으로 생업에 종사하는 이도 별로 없는 초고령 마을이고 지리적으로 고립된 산골이라서 예부터 가난한 이들이 힘겹게 살았던 곳입니다. 인근에 유명한 사찰도 없고 알려진 관광 명소나 산이 있는 것도 아니니 위락 업소나 가게, 식당 등으로 수입을 올릴 수도 없습니다. 평지가 많

고, 소득이 높은 평야 지대 농촌의 분위기는 이곳과는 분
명 다르겠지요. 일정한 소득이 보장되는 곳이니 만큼 나
름의 시스템을 갖추고 있고, 정부나 지자체의 지원 체계도
있으니 말입니다. 풍광이 좋지만 개발이 안 된 지역은, 귀
촌자의 생활 터전으론 괜찮을지는 몰라도 농사로 먹고 사
는 이들에게는 풍요로운 곳이 아닐 것입니다. 맑은 물, 좋

은 풍광만으로는 여유와 품격을 유지할 동력이 생겨나지 않으니까요. 제가 살고 있는 이곳은 지리적 이점이 없는 평균적인 한국의 시골에 근접합니다. 대중매체에서 근사하게 묘사되는 농촌은 평범한 시골의 모습과는 턱도 없이 다릅니다. 매스컴은 특색, 이야깃거리, 맛, 액티비티, 전통, 특별한 개성이 있는 곳만을 찾아다니니까요.

시골의 초상들

어느 해에 제가 감기몸살로 좀 오랫동안 고생한 적이 있습니다. 콩밭의 잡초를 제거할 시기가 다가왔는데 몸이 회복되지 않아 걱정이었습니다. 잡초 제거 시기를 놓치면 콩과 풀이 같이 자라고, 콩은 풀에 굴복합니다. 하는 수없이 조금 떨어진 마을에 살고 계신 60대 후반 아주머니의 지원을 받기로 했습니다. 정중히 부탁하고 일당도 넉넉히 챙겨드렸습니다. 아주머니는 우리가 작업하면 5일 정도 걸리는 일을 단 하루 만에 해치웠습니다. 어떻게 그리 일을 잘하시냐고 했더니 "너희는 아무리 애써도 어림없어" 하는 눈빛으로 씩 웃으십니다.

그뒤 그 아주머니가 우리와 아주 가깝게 지내는 아랫 마을 식당에서 일을 하게 됐습니다. 그 식당은 산골에 있지만 음식 솜씨가 뛰어나 평소 손님이 많았습니다. 간혹 우리가 식사하러 가면 아주머니는 괜히 우리에게 어색한 웃음을 지으며 조금 난감해 했습니다.

"박 선생이 오시면 아줌마가 괜히 어색해 하는데 왜 그런지 모르겠어요."

우리와 친밀한 식당 주인이 영문을 모르겠다며 이야기했습니다. 저는 유달리 자존심이 강한 아주머니가 그의 남편과도 잘 알고 지내는 저에게 남의 식당에서 일하고 있는 모습을 보이는 게 민망했던 거라고 짐작했습니다.

어느 날 아주머니가 갑자기 심하게 아파서 식당에 출근도 못하고 집에 몸져누웠습니다. 도시의 병원에서 진찰을 받았지만 도무지 원인을 찾을 수 없었다고 합니다. 평소에 워낙 건강하고 체격도 건장하며 일솜씨도 좋은 분이 원인 모를 병으로 누우니, 두고 보던 남편이 주변의 권유를 받아 무당을 불러 굿을 청했다 합니다. 무당은 아주머니에게 "네 마음에 돌덩어리가 들어 있구나! 무거운 걸 견디느라 얼마나 힘들었냐"면서 씻김굿으로 위로했다 합니다. 거금을 들여 굿을 한 지 이틀 만에 아주머니는 자리를 털고 일어났고, 이웃 할머니들은 용한 무당이라며 칭송을 아끼지 않았습니다.

요즘 세상에 황당하고 어이없어 보이는 이야기일 수 있지만 저는 그 무당이 아주머니를 낫게 했다고 생각합니다. 자존심이 센 아주머니는 난생 처음 하는 식당 일에 스트레스를 받았을 것입니다. 스스로 생채기를 낸 가슴의 아픔을 무당이 정확하게 짚었던 것입니다. 어떤 명의보다도 무당이 더 제대로 된 처방을 내린 셈이지요. 시골 사람들도 도시와 똑같이 자존심이 센 이들이 많습니다. 별 것 아닌 이야기 같아도 도시 이주민들이 명심해야 할 부분입니다. 간혹 그들의 자존심 때문에 도시에서 이주한 사람들이 상처받는 경우가 생기기 때문입니다.

저 또한 시골에서 오랫동안 살아 온 이의 정서를 이해하지 못해 몹시 배신감을 느낀 적이 있습니다. 우리집 위쪽에 있는 암자는 평소 스님이 상주하지 않고, 여기서 떨어진 인접 군郡 절의 주지 스님이 간혹 오가며 암자를 관리합니다. 거처가 정해져 있지 않은 스님이 간간이 암자에 기거하다 떠나기를 반복하기 때문에 우리와 친밀한 소통을 한 스님은 몇 되지 않습니다. 그러다, 암자 관리를 위해 이웃 마을 K노인이 관리인으로 오게 되었습니다. K노인은 암자에 기거하면서 관리를 도맡았습니다. 그는 당시 70대 후반으로 이 고장에서 태어나 농사일로 잔뼈가 굵은 훌륭한 농사꾼이었습니다. 가까운 곳에 살게 된 K노인과 저는 자연스레 친밀한 관계가 되었습니다. K노인이 약 2년간 암자에 머무는 동안 다른 시골 노인과 마찬가지로 일찍 간 할머니, 자식과 며느리, 손자 이야기 등을 주제로 한 대화를 간간이 나눴습니다. 특히 그는 척박한 산골의 농사법에 대한 여러 가지 요령을 저에게 많이 전수해 줬습니다. 아들 내외와는 별 온기가 없는 눈치인 K노인에게 우리는 간혹 별식을 만들면 가져다 드렸고, 옷과 신발 등도 선물했습니다. 하지만 겸연쩍게 씩 웃을 뿐 그가 고맙다는 인사를 하는 법은 절대 없었습니다.

어느 날, 밖에서 일을 하고 있는데 K노인이 다급하게 저를 불렀습니다. 급히 가보니 그의 한 손에서 피가 뚝뚝 떨어지고 있었습니다. 약품 상자를 가지고 나와 다친 부위를 살피니 손등이 크게 베여서 뼈가 드러나 있었습니다. 제 응급조치로 해결될 일이 아니라서 붕대로 감아 지혈만 하고 차를 급히 몰아 읍내 병원으로 달려갔습니다. 병원에서 상처를 꿰매고 드레싱을 했습니다. 계절이 여름이었으므로 의사는 매일 와서 상처를 소독하고 붕대를 교체해야 한다고 일렀습니다. K노인은 아들에게 이야기해 매일 병원을 다녀오겠다고 했습니다. 하지만 다음날도, 그 다음날도 병원에 다녀오는 기척이 없었습니다. 암자에 갔더니 붕대를 교체하지 않아 상처 부위가 지저분한 상태로 그는 소주잔만 기울이고 있었습니다. 다음 날부터 저는 일주일가량 매일 K노인을 읍내 병원으로 데리고 가서 치료를 받게 했습니다.

그 일이 있고 얼마 후, 밭에서 일하는데 K노인이 잔뜩 찌푸린 표정을 짓고서 저를 못 본 체 하고 지나갔습니다.

"어디 다녀오세요? 무슨 기분 나쁜 일이 있었어요?"

제 질문에 노인은 대뜸 화를 내며 소리를 지릅니다.

"그래! 기분 나빠!"

고래고래 고함을 지르던 노인이 저를 노려봅니다. 영문을 모르고 욕을 얻어먹어 멍한 저에게 노인은 눈을 한번 부라리더니 횡하니 올라가 버립니다. 거참, 고약한 늙은이입니다. 나중에 알고 보니 바로 그날 아들과 된통 싸우고 오는 길이었던 모양입니다. 우리집 아래, 이 동네에서 가장 위치 좋고 평탄하며 땅심도 좋은 노인의 천여 평 밭이 농협의 경매로 아랫동네 사람에게 넘어갔다는 이야기를 들었습니다. 아들이 이런저런 이유로 농협에서 대출을 받았는데 수년 동안 원금과 이자를 연체하고 갚지 않자, 농협에서 담보였던 밭을 경매에 내놓은 것입니다. K노인으로서는 뼈아픈 일이 틀림없습니다. 수십 년 고생하며 일궈온 귀한 땅이 다른 사람에게 넘어가 버렸으니 그 통한이야 말할 수 없을 것입니다. 이 마을에서 '땅'이라는 건 저 아래 넓은 들의 땅과는 애틋함에서 비교가 되지 않습니다. 그렇다고 엉뚱하게 제게 그런 분풀이를 했다는 게 괘씸하긴 했지만 뭐, 어쩝니까. 어느 누군가에게 분풀이라도 하지 않으면 그 날 K노인은 잠을 이룰 수 없었겠지요.

시골에서는 상식과 친분이 전혀 통하지 않을 때가 있습니다. 그 경우는 두 가지입니다. 자기의 이익이 목전에 놓일 때, 남이 자기의 자존심을 건드릴 때입니다. 그때는 그동안 쌓아 왔던 친분 따위는 헌신짝이 됩니다. 도시인이라고 다를 건 없겠지만 시골에선 그 첨예함이 도시와 비교되지 않을 정도입니다.

종교 고찰

겨울로 접어든 어느 날 집 안에서 책을 읽고 있는데 어디
선가 징 소리가 났습니다. 나가봤더니 우리집 바로 아래
에서 굿판이 벌어지고 있었습니다. 너른 바위 위에는 돼지
머리와 과일, 떡 등이 차려졌고, 굵은 촛불이 여러 개 켜
져 있었습니다. 여인 둘이 두 손을 합장하며 빌고, 화장이
진한 무당은 한 여인에게 천을 찢으며 걷게 하고 있었습니
다. 천을 찢으며 걷는 이는 젊은 여인으로, 한눈에 보아도
몸이 몹시 불편해 보였습니다. 젊은 여인이 가여워 간섭하
지 않다가 굿을 마치고 촛불을 켜둔 채 돌아갈 채비를 하
는 무당을 제가 불렀습니다. 촛불은 전부 끄고 가고 다음

에는 오면 안 된다는 말을 전하자 무당은 싸늘한 눈으로 무슨 권리로 다시 오지 말라고 하느냐며 쏘아 봤습니다.

그 뒤에도 여러 번 다른 무당이 와서 같은 장소에서 굿판을 벌였습니다. 이대로 두다가는 집 아래 계곡이 굿당이 될 것이 뻔했습니다. 집에서 그리 멀지 않은 지리산 뱀사골 초입에는 무당들이 무분별하게 굿판을 벌이고 촛불을 그대로 켜두는 통에 아예 굿당을 만들어 그곳에서만 굿판을 벌이도록 해 두었습니다. 지자체에서 만들었는지, 아니면 인근 주민이 만들어 두고 무당에게 대여료를 받는지 알 수는 없습니다.

무당들이 주민들의 항의로 굿판을 벌일 장소가 마땅치 않자 이곳저곳을 옮겨 다니며 항의가 덜한 곳을 물색하고 있다는 이야기를 들었습니다. 무당이 야외에서 주로 굿판을 벌이는 장소는 물이 흐르는 계곡이나 개울입니다. 저는 행정복지센터에 사정을 이야기하고 환경감시원증을 발급받았습니다. 이후 굿판을 벌이러 온 무당을 보면 환경감시원증을 들이대며 쫓아냈습니다. 노력이 효과가 있었던 모양인지 서너 번 그런 일이 있은 뒤에는 더 이상 그들을 볼 수 없었습니다. 그곳에 가면 고약한 녀석이 있으니 가지 않는 게 좋다고 무당 사이에 소문이라도 난 모양입니다. 요즘 같은 시대에 무당을 불러 굿판을 여는 사람들이 있다는 것도 황당한 일이지만, 촛불을 켜두고 가는 그들의 행태는 산불로 이어질 수 있어 그냥 방치할 수 없는 일입니다.

집 근처 스님이 상주하지 않는 암자에 관한 이야기를 하기 위해서는 아주 초기, 집을 짓던 때로 돌아가야 합니다. 택지를 고르는 작업이 거의 끝난 어느 날, 부산에서 자재를 잔뜩 싣고 현장에 도착한 시공업체로부터 전화가 걸려왔습니다. 요 아래 다리에 쇠사슬이 설치돼 있어서 통행을 할 수 없다는 거였습니다. 내려가 보니 누군가 다리의 난간 양측에 쇠사슬을 채워 차가 통행하지 못하도록 해 두었습니다. 영문을 몰라 우왕좌왕하며 반나절을 보낸 뒤에야 그 고약한 짓을 한 이를 알게 되었습니다.

일을 벌인 사람은 뜻밖에도 신축지 위쪽의 암자를 관리하던 스님이었습니다. 계곡을 건너는 약 25미터의 다리를 그가 축조했다 합니다. 그러니 자신이 축조한 다리를 함부로 건너지 말라는 겁니다. 수년 전 암자를 짓기 위해 다리를 놨는데 우리집을 짓는 작업차가 그 다리를 통과해 오르내리는 것이 영 못마땅했던 것 같습니다. 다리는 개인이 놨지만 개인의 소유나 재산이 되지 못하므로 관에 기부 채납해야 합니다. 이런 사정은 땅을 매입할 때 알고 있어, 공사 전 그 스님을 찾아 덕분에 집을 짓게 됐다며 감사 인사를 하고 시주도 했으므로 이런 일이 생기리라고는 예상치 못했습니다. 시주 금액이 적었나? 저로서는 결코 적지 않은 금액이었는데 통 큰 스님이 빈약한 시주에 실망해서 이러시나 하는 생각이 들었습니다. 전화로 사정을 이야기했지만 들은 척도 하지 않습니다. 결국 파출지소에 신고를 했습니다. 경찰관이 와서 공공의 통행 길을 인위적으로 막으면 행위자를 구속하겠다고 하자 그때서야 스님은 대리인을 시켜 쇠사슬을 풀었습니다.

그 일로, 또 그 후의 자질구레한 일로 스님에 대한 환상이 깨졌습니다. 저는 불교 신도도 아니고 도시생활에서 스님과 만날 기회가 전혀 없었기 때문에 특별한 환상이 있었던 것은 아니지만, 스님이란 공부하는 이들이라고 알았고, 어쩌다 산행이나 여행 중에 만난 고고한 차림의 스님만 봤기에 참 낯선 경험이었습니다. 물론 제 환상을 채워 줄 스님이 없진 않겠지요. 그렇지만 난생 처음 이웃으로 조우한 스님의 이해하기 어려운 행태는 스님이 고고한 존재인 줄로만 알았던 제게 작은 상처를 주었습니다.

그 스님이 세상을 떠나자 우리집 뒤편에 그이의 공덕비

가 세워졌습니다. 추종하던 이들이 세웠는지, 아니면 그 스님이 속한 종단인지는 모르겠습니다. 어느 날부터 굴삭기가 으르렁거리고 화강암을 자르는 소리가 귀를 괴롭히더니 넓은 터에 근사한 탑이 세워졌습니다. 주변을 단장하고 며칠이 지나자 승용차를 탄 사람들이 몰려왔습니다. 제단과 공덕비가 완공됐으니 그를 기리기 위한 제를 지내려고 온 신도와 스님 들이었습니다.

자동차 마흔 대 가량에 신도와 스님이 백 명 가까이 찾아와 우리집 진입로를 가득 메웠습니다. 외출도 못하고 꼼짝없이 갇혔는데 혈색 좋은 젊은 스님이 한 분 오셔서 미안하다며 양해를 구했습니다. 약 두 시간이 걸린 행사가 끝나자 좁은 길이라 쉽게 차를 돌리지 못한 사람과 일행을 찾아 우왕좌왕하는 사람으로 우리집 앞은 부산했습니다.

그들이 먼지를 날리며 모두 사라지고 나자 그들 뒷모습을 멍하니 지켜보던 저는 왠지 기분이 묘했습니다.

얼마가 지나자, 공덕비를 세운 공터 입구에는 통행금지 철물이 세워지고 자동차나 사람이 출입하지 못하도록 쇠사슬을 묶어 막더니 며칠 뒤엔 감시 카메라가 설치됐습니다. 절에 오르는 길을 막는 것도 본 적이 없는 일이고, 하루 종일 인적이라곤 없는 곳에 CCTV를 설치해 화강석

덩어리를 감시하는 이유를 도무지 알 수 없었습니다.

종교가 사람에게 미치는 영향은 이루 헤아리기 힘들 것입니다. 종교는 인류에게 엄청난 문화적 영향력을 행사해왔습니다. 정치와 사회, 경제, 문화 등 인류의 역사 어느 한 부분도 영향을 끼치지 않은 것이 없습니다. 종교의 긍정적 가치와, 그로 인한 눈부신 문화의 창달, 세상을 지탱하는 도덕률의 유지, 인간의 선함을 위한 지표로서의 역할은 엄청나다고 생각합니다. 하지만 종교의 부정적인 면 또한 제 머릿속에 자리하고 있습니다. 종교가 생겨나면서 (원시종교를 포함해서) 천국과 지옥, 또는 사후세계, 극락세계 같은 내세의 개념이 만들어졌고, 교리가 생겨났습니다. 사람들은 그 교리 아래에 엎드렸고 종교 지도자는 엎드린 민중 위쪽 자리에 자연스레 앉았습니다. 일종의 계급화가 이뤄진 거지요. 종교를 편협한 시각으로 재단하고 있다고 여길 이들도 있다고 짐작됩니다. 그럴지도 모릅니다. 하지만 기독교의 관점에서 《신약성경》 속의 예수의 행적과 발언을 요즘 세태와 정치 집단의 기준으로 본다면 그이는 사회주의자입니다. 그이는 가난한 자의 편이며 민중의 벗이었고, 그러면서도 혁명가였습니다. '가엽게 여기사' 또는 '측은히 여기사' '불쌍히 여기사' 세상의 가장 낮은 곳에 있는 이들의 병을 고쳐주고 애통해 합니다. 또 기득 권력과 기득권 종교 지도자들에게 반발하기도 합니다. 당시에는 엄두도 내지 못할 선동을 하고 발언을 합니다. 열정 넘치는 매력적인 인물입니다. 종교 지도자들은 그를 내세워 집단화하지 말고, 그가 《성경》 속에서 무슨 말과 행동을 했는지, 우리는 그의 언행을 본받아 어떻게 살아야 하는지를 중심으로 하는 교리를 설파하는 역할에 충실했으면 좋겠습니다.

사찰의 스님이 모두 속세와 가까운 것은 아닐 것입니다. 온화하고 소박한 수행생활을 하며 자급자족하는 스님도 계십니다. 하지만 그들 사이에서도 빈부 격차가 존재하는 것이 눈에 보일 때 그들도 속세의 우리와 다르지 않다고 느낍니다. 그날 우리집 앞을 떠나간 스님과 신도의 자동차 행렬을 보며 참 많은 생각이 들었습니다.

민박, 그리고
사람들

농사라 해봐야 우리가 먹는 것이 대부분이고 조금 남는 것을 지인에게 보내주는 게 전부라 우리는 수입이 전혀 없었습니다. 수입이 절실한 경제 형편은 아니었지만 그래도 약간의 수입은 있었으면 하는 생각에 민박을 하기로 했습니다. 여름이면 인근의 계곡에 몰려오는 이들이 간혹 집으로 찾아와 민박 문의를 한 것이 계기가 됐습니다. 창고로 사용하던 별채를 고쳐 방 두 칸을 넣고 화장실과 욕실을 설치했습니다.

꼭 돈을 벌 생각만으로 민박집을 연 것은 아니었습니다. 한 가족 정도만 묵을 수 있는 구조라 크게 힘들 것 같지도 않고, 잘하면 말벗도 생길 것이라는 기대도 내심 했습니다. 별채는 잘 지어진 건물이 아니므로 우리는 최대한 청결하고 깔끔한 분위기를 유지하려고 애썼습니다. 홍보는 군청 홈페이지를 이용했습니다. 군청 홈페이지의 관광란에는 민박을 운영하는 이들이 집과 민박 시설의 사진과 간단한 소개, 연락처 등을 등재할 수 있습니다. 우리는 좀 별난 소개를 올렸습니다. 우리집은 한 가족만 받는다. 지나친 음주와 고성방가는 안 된다. 도박도 안 된다. 이런 건방진 소개에도 불구하고 여름엔 민박 손님이 꽤 많았습니다. 7월 중순에서 8월 중순 한 달간은 예약이 밀릴 정도였습니다.

'건방진 소개' 때문인지 예약하고 오는 손님은 기대한 대로 오붓한 가족 단위라 별문제가 없었습니다. 하지만 예약 없이 찾아와 숙박 가능 여부를 타진해 묵는 손님은 간혹 문제가 있었습니다. 한번은 여섯 명이 예약 없이 민박을 찾아왔는데, 저녁에 술을 거나하게 마시더니 자정쯤에 집 앞길에서 남녀가 뒤엉켜 싸움질을 했습니다. 길옆은 낭떠러지이므로 위험하기 짝이 없는 짓이라 참 난감했습니다. 간신히 그들을 뜯어말려 재웠습니다. 그렇게 소동이 끝나는가 싶었는데 아침에 일어나서 현관을 연 저는 아연

실색했습니다. 별채의 흰색 벽이 붉게 칠해져 난장판이 돼 있었습니다. 알고 보니 밤에 서로 다투면서 김치 통을 던지고 난리를 피워 벽이 엉망이 된 것이었습니다. 어처구니 없었습니다. 그들에게 당장 퇴거할 것을 요구하고, 숙박비도 필요 없다고 던지다시피 돌려줬습니다. 민박을 하면서 이런 종류의 막돼먹은 사람들을 꽤 만났습니다.

기억에 남는 손님도 있습니다. 자동차 회사에 다니는 직원 네 가족이었습니다. 그 당시 그들이 다니던 회사의 경영이 어려워 정리해고가 시작되고, 노조가 파업을 일으켜 노사 갈등이 첨예하게 대립했습니다. 경찰이 공장 지붕 위로 달아나는 노조원을 몽둥이를 들고 쫓는 살벌한 장면이 TV 뉴스 화면을 연일 채웠습니다. 네 가족이 민박집에 왔을 때는 대량 해고가 이루어진 얼마 뒤였습니다. 아기 엄마들은 방안에서 소곤소곤 이야기를 나누고, 남자 넷은 바깥 정원에서 맥주를 마시며 대화를 했습니다.

젊은 남자 넷은 한결같이 어두운 얼굴이었습니다. 아마 얼마 전의 '격렬한 투쟁'으로 몹시 지친 듯했습니다. 별다른 대화도 없이 술잔만 기울이고 있어서 수박을 좀 썰어 내갔더니 한 사람이 우리 차가 자신의 회사에서 나온 차인 것을 보고는 저에게 물었습니다.

"아저씨, 저 차 고장 없어요?"

"8년 가까이 탔는데 여태 한 번도 고장 난 적이 없었어요."

"아저씨는 운이 좋아서 뽑기를 잘했나 봐요."

"아니, 나름 만족하면서 탔는데요?"

제 대답에 남자는 시큰둥한 얼굴로 입을 닫았습니다. 차에 대한 이야기를 나누다 잠시 그들과 대화를 하게 됐습니다. 그들의 사정을 자세히 알게 되자 제 마음이 한없이 어두워졌습니다. 자동차 공장에서 부품을 조립하고 검사를 하며 차를 만드는 이들이 자기 손을 거친 제품에 대한 자부심이 별로 없었습니다. 냉소적으로 보이기까지 했습니다. 방에서 아기와 놀고 있는 부인들은 활기가 없고 바깥에 있는 남편들은 우울한 얼굴이고……. 그날 참 마음이 무거운 동시에 화가 났습니다. 가족과 함께 휴가지에 왔어도 즐겁기는커녕 파업과 진압의 후유증에서 벗어나지 못하고 있었고, 짙은 패배감과 앞날에 대한 두려움이 그들의 얼굴에 고스란히 나타나 있었습니다. 곁에 온 아이의 머리를 한번 쓰다듬고는 물끄러미 얼굴만 들여다보는 그 눈을 아직도 잊지 못합니다. 미래에 대한 불안으로 제

자식의 초롱초롱한 눈과 예쁜 미소조차 보지 못하고 있었습니다. 아니, 외면하고 싶었는지도 모르겠습니다. 끝없이 생산해야 하고, 또 끝없이 소비해야만 하는, 자유시장경제의 수레바퀴에서 떨어져 나갈 수밖에 없는 자신들의 처지에 거의 전율에 가까운 공포를 느끼고 있는 듯했습니다. 효용이 다한 노동자들을 패배자로 떨쳐내는 자본주의의 끔찍한 민낯을 보는 것 같았습니다. 보수다, 진보다 하는 정권이 바뀌어도, 세상이 조금씩 변화해 나가도 누군가는 뼈빠지게 일하고 부속처럼 소모되다가 버려집니다. 누가 책임져야 할까요? 그날, 술잔을 같이 기울이다가 마당에서 뛰어노는 아이들이 애처로워 울컥했습니다. 부인들의 맑고 선량한 눈들과 마주쳤을 때는 까닭 없이 미안하기도 했습니다. 아무튼 그날 이후로 한동안 저마저 우울한 나날을 보냈던 기억이 지금도 생생합니다.

민박을 하러 온 손님은 아니지만 타지에서 온 사람에게 황당한 일을 겪은 적도 몇 번 있습니다. 어느 날, 집 앞의 계곡에서 40대로 보이는 사내가 고기 굽는 석쇠를 들고 올라오더니 우리집 마당 담장 아래에 휙 던졌습니다. 제가 그를 불러 물었습니다.

"왜 석쇠를 그렇게 함부로 버립니까?"

그는 아무 대꾸도 없이 석쇠를 다시 주워 계곡 아래로 휙 던져버렸습니다. 그러고는 아래에 있는 일행에게 큰 소리로 외쳤습니다.

"어이, 여기 사람이 없어 재미없으니 그만 가자!"

이 황당한 이는 저를 노려보더니 잠시 후 일행들과 함께 가버렸습니다. 이름난 해수욕장이나 명승지나 관광지를 좋아하는 사람이었던 걸까요? 사람이 없으면 뭔가 불안하고 허전한 모양입니다. 이런 형편없는 군상이 의외로 많습니다.

또, 이런 일도 있었습니다. 여름 휴가철엔 계곡에 사람들이 꽤 오는 탓에 가끔 쓰레기를 주우러 내려갑니다. 그날도 쓰레기를 줍다가 한 무리의 행태를 보고 경악했습니다. 그들은 큰 플라스틱 통에 무언가 씻고 있었는데 핏물이 흥건해 자세히 보니 개를 잡아서 토막 낸 것이었습니다. 계곡물을 퍼 담아 토막 난 고기를 씻기를 반복하고 있는 상황을 보고 저는 당황할 수밖에 없었습니다. 저 아래에는 다른 사람들이 물놀이를 하고 있는데……. 아예 작정하고 가스통과 그릇, 도마 등을 준비한 것으로 보아 계곡에서 개를 삶아 나눠 먹겠다는 심산이었습니다. 저는 그들에게 다가가서 조용히 이야기했습니다.

"당장 그만두고 가져가지 않으면 즉시 면사무소와 지서에 신고하겠습니다."

그러자 그들은 황급히 짐을 싸 들고 떠났습니다. 그들의 행색으로 보아 타지에서 온 사람이 아니고, 여기서 가까운 마을 사람이 휴가 온 타지 지인과 왔던 것 같습니다. 우리 집 옆의 계곡은 상당히 깊고, 일 년 내내 물이 마르지 않아 읍의 상수원으로 쓰입니다. 이 기막힌 사람들은 예부터 이 고장에서 저런 식의 개고기 파티를 하곤 했던 사람의 자손일 것입니다. 그들은 힘들여 토막 낸 개를 트럭에 싣고 떠나면서 외지에서 온 녀석이 박힌 돌을 빼려고 한다고 생각했을 겁니다. 하지만 이 계곡은 이름난 관광지는 아니지만 피서객이 있는 곳입니다. 한동안 토막 난 개들의 몰골이 머리에서 떠나지 않아 심란했습니다.

결국 우리는 4년 동안 하던 민박을 접었습니다. 좋은 이도 물론 많았지만 거친 사람들의 비상식을 참지 못했습니다. 주로 여름 한철만 영업을 했지만 민박을 하면서 우리네 사람의 여러 얼굴을 참 많이 봐야 했습니다. 몰상식과 무지, 비이성……. 참을성 없고 내공 부족인 우리가 할 일은 아니었습니다.

우리 부부는 여행을 갔을 때 호텔이나 모텔, 게스트하우스, 에어비앤비 숙소 등에서 묵고는 했습니다. 그러나 수십 차례의 여행에서 그런 몰상식을 목격한 적은 사실 아주 드물었습니다.

돌이켜보면 우리는 그런 영업을 포용할 수 있는 사람이 아니었습니다. 덕목과 참을성이라는 자질이 턱없이 부족했던 것입니다. 이 경험으로 우리는 도시에서 영업에 종사하는 사람들이 어떤 심정으로 견디며 살아가는지 알게 됐습니다. 그들은 '썩어 문드러져'라는 말을 실감한 이들 아닐까요? 우리는 마음에 들지 않는 손님을 쫓아내면 그만이었지만, 먹고사는 문제가 달린 사람들은 그런 한심한 자들을 그저 감내해야만 했겠지요. 그리고 보면 우리의 민박 4년은 사치스럽게 느껴지기까지 합니다.

읍내 시장

시골 시장은 도시와 크게 다르지 않습니다. 이주하고 처음으로 5일장에 갔을 때만 해도 우리는 시골의 5일장에 대한 로망을 안고 있었습니다. 하지만 시장은 우리의 기대와 많이 달랐습니다. 요즘 들어 재래시장은 지붕을 만들고 판매대를 규격별로 설치하고, 간판도 세련되게 바꾸는 등 개선을 시도하고 있습니다. 깔끔하고 편리해진 대신 옛 정취는 사라졌습니다. 우리 사회는 개선한다고 하면 모두 신식으로 교체합니다. 아마 우리네처럼 올드보다 뉴를 좋아하는 민족도 없을 듯합니다. 요즘 시골 시장 또한 여러 개선을 통해 도시의 재래시장과 크게 다르지 않습니다. 다만 5

일장이라는 전통은 명맥을 유지하고 있습니다.

5일장은 기존 재래 상설시장에 전국을 순회하는 장사꾼들이 5일마다 오면 열립니다. 5일장이 서는 날이면 시장에는 반짝하는 활기가 돕니다. 특별하거나 이곳에서 보기 드문 물건이 오는 경우는 거의 없습니다. 도시의 시장과 조금 다른 것은 인근 산골 할머니들이 산나물, 버섯 등을 채취해 조그맣게 펼쳐놓고 노상에서 판다는 점입니다.

사실 요즘 도시의 재래시장에서도 비슷한 물건을 파는 할머니들이 계시니 솔직히 도시의 재래시장과 시골 시장이 크게 다르지 않습니다. 도시와 시골의 시장의 가장 큰 차이는 시장보다는 시장을 찾아오는 사람들에게 있습니다. 시골 할머니들은 장날이 되면 산골에서 오랜만에 버스를 타고 오셔서 목욕탕도 들리고, 미용실에 들려 염색을 하거나 뽀글 파마도 합니다. 그리고 어디보다 병원과 약국에 많이 찾아갑니다. 정형외과에 들러 전기 찜질도 하고 물리 치료도 받고, 약국에서 보름치 정도의 약을 타 갑니다. 요즘 농촌에는 할아버지는 드물고, 할머니가 다수입니다. 혼자 사는 할머니들은 겨울에는 마을 노인 회관에서 다 같이 모여 식사를 해결하기도 합니다. 하지만 코로나19가 유행한 뒤로 이마저도 할 수가 없어 외로워하는 분들이 많았습니다. 찾아오는 이도 없고, 갈 데도 없으므로 5일마다 오는 읍내 시장이 그분들에게는 일종의 해방구입니다.

장날이면, 할머니들은 머리에 고추 말린 것, 고사리 말린 것, 산나물 등을 이고 버스에 오릅니다. 평소 텅 빈 채로 운행되던 버스 안은 서로 인사하고 정보를 교환하는 사람들로 시끌벅적 소란스럽습니다. 할머니들은 장에 가서 직접 난전을 펴기도 하고 잘 아는 장사꾼에게 넘기기도 합니다. 그 후에는 병원으로 향합니다. 읍내의 병원과 약국이 할머니들로 북적거립니다. 제가 보기엔 읍내의 약국은 대도시의 약국보다 수입이 좋을 듯합니다.

할머니들이 정기적으로 병원을 들리는 까닭은 실제로 아픈 곳도 많지만 사람을 만나고 싶어서입니다. 의사가 "요즘은 어떠냐? 전번에 아팠던 곳은 좀 괜찮으냐?"고 물어봐 주는 것도 좋고 간호사의 핀잔도 딸이 퇴박을 주는 거 같아 즐겁습니다. 5일장이 열리는 날은 읍내의 장바닥뿐만 아니라 병원, 약국, 농약 점포, 모종 판매점, 장터 국숫집, 농자재 판매점, 미용실, 목욕탕 등 모든 곳이 활기차게 바뀝니다. 최근 코로나19 때문에 장이 열리지 않는 동안 할머니들은 죽을 지경이었을 것입니다. 시골의 시장은 꼭 물건만 사고파는 곳이 아니기 때문입니다.

　장날에 읍내 시장에서 가장 붐비는 곳은 병원과 약국을 제외하면 농자재상입니다. 각종 작물의 지지대, 농사용 천막과 멀칭용 비닐, 포대 자루, 농기구, 농약 등을 파는 곳입니다. 농산물에 대한 수요 예측이나 수급 조절이 원활하지 못해 농가에서 재배 품목을 자주 바꾸기 때문입니다. 양파 농가가 그해 값이 좋아 재미를 봤다면 다음해에 너도 나도 양파를 심고, 오미자를 심어 재미를 봤다면 다음해에 오미자를 심기 위해 농자재와 모종을 삽니다. 이런 식으로 재배 작물이 무시로 바뀌니 농자재상이 번창합니다. 농가는 비싼 농자재를 오래 사용하지 못하고 폐기하거나 방치해서 수확해도 자재 값도 건지지 못하는 경우가 비일비재 합니다. 읍내 시장만 살펴봐도 그 지역의 문제점이나 개선이 필요한 부분을 알 수 있습니다. 국회의원과 도의원, 군의원은 시장에 걸핏하면 나타납니다. 이들에게 시장에 가서 보여주기식 선거 운동만 하지 말고 민초들의 삶을 성실히 살펴보라고 권하고 싶습니다.

　요즘의 읍내 시장에는 가마솥 걸어 소머리 국밥을 끓이는 집은 없습니다. 국밥 대신 칼국수 집에 오도카니 앉아 있는 할머니의 좁은 어깨가 애잔합니다. 하지만 역시 읍내 시장은 활기차고 생동감 넘치는 곳입니다. 지인 중 장날마다 시장 순회하는 것을 취미로 여기는 이도 있습니다. 읍내 시장은 그 지역의 경제, 사회, 문화의 단편들이 모두 함축된 삶의 현장입니다.

시골의
노인들

집 산등성이 뒤 마을을 지날 때마다 춥지 않아도 일종의
서늘함을 느낍니다. 마을을 다 지날 때까지 어떤 소음이
나 기척도 없습니다.

집 건축 당시 두 달 동안 마을의 빈집을 빌려 생활한 적
이 있습니다. 이때 집에 오신 어머니와 잠시 동안 친하게
지낸 김 할머니가 계십니다. 산책을 하다 김 할머니 댁의
작은 대문에 이르자, 문득 할머니께서 잘 계신지 궁금해
져 마당으로 들어갔습니다. 시골 동네 집들이 거의 그러
하듯 김할머니의 집도 찬바람을 막으려고 마루에 새시 유
리를 끼운 구조였습니다. 김할머니는 마루에서 둥근 알루

미늄 상을 앞에 두고 식사 중이셨습니다. 상 위에는 어제도 드셨던 것이 분명한 작은 된장국 종지, 그리고 멸치젓갈, 식은 밥 한 덩이가 있었습니다. 못 볼 것을 본 것 같아 얼른 시선을 거두고 인사하니 김 할머니께서는 깜짝 놀라 알루미늄 상을 냅다 들어 방 안으로 가셨습니다. 이내 방문을 닫고 마루로 나오신 할머니께서 부끄러운 짓을 하다 들킨 소녀처럼 웃습니다.

"아이고, 식사하시는데 제가 불쑥 왔군요."

"점심 드셨수?"

제가 인사를 하자 할머니께서도 인사하십니다. 안부를 묻고 몇 마디 나누다 나왔습니다.

동네는 여전히 쥐죽은 듯 고요합니다. 마을을 벗어날 때쯤 양지바른 담벼락 밑의 나무 의자에 뭔가 있어 자세히 보니 아주 왜소한 할머니 한 분이 웅크리고 앉아 있습니다. 잔뜩 웅크리고 있어 미처 사람이라고 생각지 못했습니다. 저를 보시더니 희미하게 웃는 모습이 가을날의 들국화를 닮았습니다. 잔뜩 주름진 얼굴 속에 아직도 소녀 같은 미소가 보입니다.

이 마을에 살고 계신 할머니들은 장날에 버스를 타고 읍내 장터에 갈 기력도 없는 이들로 집 현관에 자물쇠가

걸려 있으면 돌아가셨거나 요양원에 가셨다는 의미입니다. 도시에 있는 자식은 1년에 한두 번 와서 심어 놓은 배추나 무를 뽑아가거나 우편물을 치우고 갑니다. 치매에 걸린 할머니는 요양원이나 요양병원에서 생의 마지막 기간을 보냅니다. 좀 이른 나이에 치매가 찾아온 할머니는 좀 더 일찍 요양원에 갑니다. 10년 전만 해도 문에 자물쇠가 걸린 집이 전체 가구의 30퍼센트 정도였지만 요즘엔 거의 90퍼센트에 육박합니다. 방치된 빈집이 흉물스럽게 변해 가고 있습니다. 사람의 온기가 있는 집과 그렇지 않은 집은 판이하게 다릅니다. 도시의 아파트라면 오랜 기간 동안

에도 큰 변화가 없지만 시골의 집은 1년만 방치해도 마당의 잡초와 한뎃부뚜막의 이끼로 사람이 살지 않는 집 표시가 확연하게 드러납니다.

제 어머니는 자식의 신세를 절대 지지 않겠다는 신념이 강한 분이셨습니다. 아버지가 일찍 돌아가셨기 때문에 어머니는 60대 초반에 혼자가 되셨습니다. 활기 있고 명석한 분이었고, 도시의 단독 주택이 다닥다닥 붙어 있는 동네에서 이웃 친구들과 나름 재미있게 사셨습니다. 그렇지만 일찍 찾아온 당뇨 때문에 병원에 입원하기를 수차례 반복했습니다. 시골로 오셔서 우리와 같이 살자고 간곡히 청했지만 완강히 거절하셨습니다.

그러다 어머니께 치매가 찾아왔습니다. 초기에는 그럭저럭 약과 주사로 버티셨지만 점점 심해져 80대 초반에는 더 이상 혼자 생활이 불가능한 지경이 됐습니다. 우리는 어머니를 모셔왔습니다. 그렇지만 이곳 산골은 어머니께서 요양하시기에 좋은 환경이 아니었습니다. 우선, 어머니의 시선에 우리 외엔 사람이 없습니다. 움직이는 사물이 없다는 건 치매 환자에게 도움이 되지 않습니다. 도시에서 이웃과 함께 평생을 살아온 분에게 산골은 너무나 다른 환경입니다. 치매 환자에게 급격한 환경의 변화는 좋지 않다는 걸 알고 있었지만 다른 대안이 없었습니다. 따로 계시기를 원해 우리는 별채를 정비했습니다. 오시자마자 눈이 잘 보이지 않는다고 하셔서 검사를 했더니 당뇨로 인한 합병증으로 망막에 문제가 생겼다고 했습니다. 일주일에 한 번씩 부분 수술을 해야 해서 부산의 안과에 저와 같이 다녔습니다. 두 달 동안 매주 한 번씩의 장시간 나들이가 어머니에겐 무리였는지 모릅니다.

어느 날, 아내가 이상하게도 어머니의 속옷이 하나씩 없어진다고 이야기했습니다. 특히 팬티가 하루에 하나씩 사라진다는 겁니다. 방안이나 창고 주변 등을 아무리 살펴봐도 보이지 않았는데, 알고 보니 주무시다가 자신도 모르게 흘린 변을 아침에 발견하고는, 속옷을 말아서 집 뒤에 있는 밭에 묻어버린 겁니다. 곁에 별도의 화장실이 있지만 세탁을 하지 않으셨습니다. 당황하셨던 모양입니다.

어느 이른 새벽엔 보따리에 당신의 짐을 챙겨 현관으로 들어오시더니 부산에 다녀온다며 집을 나가려 하신 적도 있습니다. 이런 일이 자주 반복됐습니다. 우리는 어머니를 이웃 마을 회관에 모시고 가서 할머니들에게 소개하고, 매일 모시고 갔다가 오기를 반복했습니다. 그렇지만 그것도 오래가지 못했습니다. 우리가 모시러 가기 전에 미리 나오셔서, 집으로 돌아오는 길을 잊고 골짜기를 헤매는 어머니를 찾느라 혼이 난 적이 몇 번 있었기 때문입니다.

천주교 신자인 어머니의 교적을 이곳으로 옮기고, 자동차로 7분 정도 거리에 있는 천주교 공소로 모시고 가기도 했습니다. 교인이 30~40명 정도 되는 공소에는 할머니들이 많이 계셨습니다. 읍에 있는 성당의 신부님이 격주로 미사를 집전하고, 평소에는 신도끼리 모여 미사를 드리는 분위기가 괜찮은 곳이었습니다. 그래서 일주일에 한두 번 공소에 모시고 가서 미사가 끝나면 모시고 오곤 했습니다.

그렇지만 어머니의 치매와 당뇨가 점점 악화되면서 우리는 마침내 선택을 해야 했습니다. 이웃과의 만남도 불가능해지고, 성당 나들이도 힘든 데다 인슐린을 매일 주사하는 것만으로는 당뇨 관리가 어려워졌습니다. 게다가 우리집은 현관을 나서 진입로로 나가면 바로 깊은 계곡이 나와 치매 노인이 살기에는 위험천만한 곳이었습니다.

우리는 어머니를 요양원에 모시기로 했습니다. 어설픈 아마추어인 우리보다 경험 있는 숙련자가 돌보는 편이 나을 거라고 여겼습니다. 그리고 그동안 엉망이었던 우리의 생활도 되돌릴 필요가 있었습니다. 하루 종일 어머니에게서 시선을 뗄 수 없어 외출은 생각지도 못했고, 지인들 역시 찾아올 수도 없었습니다. 이건 아니라는 생각에 결심을 굳혔습니다. 인내심이 바닥난 동시에 이기심이 자라났습니다. 이런 상태의 지속은 어머니도, 우리에게도 바람직하지 않다는 결론을 내렸습니다.

우리 고장과 인근 고장의 요양원을 알아보기로 했습니다. 다섯 군데를 직접 가서 관찰했고, 그중 종교 단체에서 운영하는 규모가 큰 인근의 요양원으로 모셨습니다. 집에서 자동차로 25분 정도 소요되므로 자주 찾아뵐 수 있겠고, 무엇보다도 요양원 종사자들의 품성이 좋아 보였습니다. 그러나 요양원에서 한 시간여에 걸친 면담을 마치고 2층의 널따란 홀에 올라갔을 때 저는 그만 숙연해지고 말았습니다. 각자 방에서 나온 할머니들이 휠체어에 타고, 혹은 소파에 앉아서 홀에 들어서는 우리를 보고 있었습니다. 초점을 잃고 흔들리는 눈은 마치 다른 세계에 온 듯한 기분이 들게 했습니다. 수용자의 90퍼센트가 할머니, 10퍼센트가 할아버지이고, 수용자의 88퍼센트가 치매 환자라는 설명을 들으니 강당의 '다른 세계'가 납득됐습니다. 다른 할머니들처럼 눈동자에 초점을 잃은 어머니를 두고 집으로 돌아온 날 저는 혼자 울었습니다.

제 어머니에 대해 세세한 부분까지 이야기한 이유는 제 어머니의 경우와 요양원에 입원하는 이곳 할머니들의 경우가 대체로 유사한 과정일 거라는 생각에서입니다. 예외의 경우도 있겠지만 중증 치매 환자를 부모로 둔 자식의 일반적인 경로가 아닐까요?

다행히 우리의 기대대로 어머니는 요양원에 계시면서 혈색도 좋아지고 건강 상태가 호전됐습니다. 가까운 곳에 있기에 자주 뵈러 갔습니다. 예상한 대로 요양원 구성원의 심성이 좋아 안심할 수 있었습니다. 하지만 당뇨병 증세가 점점 깊어지고, 당뇨 환자의 공통적인 병증인 신장이 견디지 못해 결국 돌아가셨습니다. 돌아가시기 직전 어머니께서는 주변인에 대한 기억은 모두 잃으시고, 저 혼자만을 알아보셨습니다. 치매 환자의 비극입니다만 세상을 떠나기 몇 년 전부터 자식도 못 알아보는 이가 많다고 하니 저로선 그나마 다행이었습니다.

어머니가 생각나서인지 시골의 노인과는 조우할 때마다 심란해집니다. 치매를 앓지 않는다 해도 그들의 노년은 너무도 어둡습니다. 도시도 마찬가지겠지만, 그래도 도시는 그들의 눈에 활기 있는 대상을 보여줍니다. 갓난아이와 활기찬 청년도 볼 수 있습니다. 바깥에 나가면 숱하게 움직이는 물체와 오가는 사람들이 있습니다. 소일 삼아 일을 할 수도 있고, 눈치를 좀 보긴 하지만 자식의 집에 갈 수 있습니다. 그렇지만 시골의 노인에겐 이런 것들이 없습니다. 움직이는 것이 없고 나무늘보 같은 할머니만 어쩌다 마을 어귀에 보일 뿐입니다. 마을을 돌아다니다 보면 골목 귀퉁이에서 할머니 한 분이 지팡이를 짚고 유령처럼 서 있는 모습에 놀라기도 합니다. 그분들은 밭에서, 또는 마루에서 하루를 보내다 해가 지면 방 안으로 들어가 형광등을 끄고 TV 앞에 있다가 잠이 듭니다. 그러다 치매가 오거나 무릎이 아파 거동을 못하면 요양원으로 옮겨집니다. 적어도 시골의 할머니들은 최소한 15년에서 20년은 외로워하다가 세상을 뜹니다.

요 아래 마을의 한 할머니는 제가 지나가면 호기심이 가득한 눈으로 바라보며 묻습니다.

"뉘시오?"

"저 위 골짜기 나무집에 살잖아요. 모르시겠어요?"

"으응, 그래요? 언제 왔어?"

"좀 오래됐어요. 할머니."

이 흙담집 할머니는 언제나 똑같이 묻고, 저 역시 똑같은 대답을 합니다. 할머니와 이런 문답을 나눈 지 10년 정

도 된 것 같습니다. 그들은 몹시 외롭습니다. 등 뒤에 '나
는 외로워'라고 적혀 있는 것 같습니다.

TV에서는 NGO 단체가 아프리카나 중남미 오지 아이
들의 비참한 삶을 보여줍니다. 가난한 가정에서 태어나 여
러 차례 수술 중인 소녀의 힘든 치료 과정을 보여주기도
합니다. 아프리카 아이들이 꿈을 이루게 도와달라며 모금
에 대해 안내합니다. 학교를 지어주기도 하고 유명인이 직
접 현지로 가기도 합니다. 제가 보기엔 우리 시골의 노인
문제는 외국의 이런 안타까운 사정 못지않게 심각해 보입
니다. 사실 이런 현상은 산업화가 진행되면서 농촌이 쪼그
라들고, 젊은이들이 빠져나가고 공동체가 붕괴됐을 때부
터 시작된 오래된 현상일 것입니다. 그래서 구조적으로 해
결하긴 어렵다고 여겨지긴 합니다. 그래도 농촌의 어두운,
곤궁한 일면을 주의 깊게 들여다보는 우리 사회의 꾸준한
관심이 필요합니다. 정부나 지자체에서 관심을 갖고 노력
해야 하며 귀농, 귀촌에 대한 적극적인 장려 정책이 필요
합니다. 산골이나 농촌의 빈집을 매입해서 수리하고 개선
해 귀농, 귀촌인에게 저렴하게 공급하고, 충분한 지원책을
마련해 도시인이 시골로 이주토록 유도해야 합니다. 단순

히 주택이나 농지만 필요한 것은 아닙니다. 육아와 의료, 교육 등이 병행돼야 하는데, 이런 문제는 많은 시간과 예산이 필요할 것입니다. 일전에 어느 고장에서 소규모 마을에 사는 노인들을 한곳에 모여 살기를 권장하여 치매 환자를 포함한 마을의 노인들이 서로 도우며 살아가는 10인 정도의 소규모 공동체를 만든 경우가 있다고 들었습니다. 그리고 그에 따른 시설 지원, 의료 지원, 생활비 지원 등을 하고 있다고 합니다. 운영만 효과적으로 한다면 지금의 정부 복지 지출 금액만으로도 전국적으로 시행할 가능성이 충분합니다. 시골이야말로 서로가 의지할 공동체가 긴요합니다. 부모가 일찍 세상을 떠나 외로운 이, 부모의 정을 많이 받지 못해 상처가 있는 이들이 시골의 독거노인과 연을 맺어 정기적으로 소통하는 프로그램을 지원하는 아이디어도 좋을 듯합니다. 인생의 황혼기에 햇볕을 쬐며 담벼락에서 졸고 있는 노인을 위한 정책이나, 지원하는 단체가 많이 나왔으면 좋겠습니다. 어려운 이들이 우리 시골에도 너무나 많다는 것을 많은 사람들이 알았으면 좋겠습니다. 시골의 할머니들이 몇 푼 되지 않은 노령 연금을 모아 어려운 자식에게 송금하는 경우가 많은 것도 정부가 알아야 합니다.

　한때, 도시에 나가 있는 자식들이 시골에 사는 부모에
게 보일러를 설치해 주는 게 유행했습니다. 보일러 회사에
서 이를 홍보물에 활용하기도 했었지요. 광고를 하던 보
일러는 전부 기름보일러로 싼 등유를 연료로 합니다. 그런
데 보일러를 설치하고도 기름 값이 무서워 보일러를 거의
사용하지 않는 경우가 많았습니다. 가끔 자식이 들러 기
름을 채워줄 때도 있지만, 대부분의 사람들은 골짜기에서
끌어 모은 나뭇가지를 아궁이에서 태워 겨울을 보냈습니
다. 구들장으로 된 방안의 바닥 표면에 엑셀 파이프를 깔
아 보일러의 온수가 돌게끔 설치했으므로 가능했지요. 기
름 값이 아깝고, 자식의 부담이 안타까운 노인들이 많았

던 덕분에 '온돌 보일러 놓아주기' 캠페인은 실패했습니다. 그들에게는 기름보일러가 아니라 관심과 소통이 필요합니다. 누군가 곁에 있는 게 가장 좋은 해결책이지요.

4장

시골의 명암

산골의
짐승들

어느 날 장독대가 있는 곳에서 심한 악취가 풍겨왔습니다. 가서 살펴보니 퇴비로 쓰기 위해 음식물 쓰레기를 모아 놓은 통의 뚜껑이 열리고 쏟아져 난장판이었습니다. 우리는 주방과 연결된 다용도실 바깥 출입문 옆에 큰 플라스틱 통을 둬 음식물 쓰레기가 생길 때마다 모읍니다. 통이 차면 퇴비장으로 옮겨 잡초나 농사 부산물과 섞어 퇴비를 만들지요.

뚜껑 있는 통을 누가 이렇게 엎어 두었지? 근처의 장독대를 보니 매실 발효액이 가득 담긴 장독 뚜껑도 열려 있는 것입니다. 도무지 원인을 알 수 없었습니다. 다음날도 그 다음날도 이상한 일은 계속됐습니다. 아무래도 짐승의 짓 같아서 이런 수상쩍은 짓을 하는 녀석이 누굴까 궁금해 통 위에 양철 그릇을 올려두었습니다. 날이 어둑해진 저녁에 양철 그릇이 떨어지는 요란한 소리가 났습니다. 손전등으로 소리가 들린 곳을 비춰 봤더니 다름 아닌 너구리가 있었습니다. 문을 벌컥 여는 통에 놀라 통통하게 살찐 녀석이 엉덩이를 씰룩이며 달아났습니다. 녀석의 소행이라는 것을 알았으니 대책이 필요했습니다. 잠글 수 있는 플라스틱 통을 사서 대체해 두었지만 다음날 허술한 잠금장치는 풀려 있고, 음식물 쓰레기는 여전히 흩어져 있었습니다. 그보다 심각한 것은 장독대였습니다. 너구리가 뚜껑을 열고는 벌레의 침입을 막기 위해 장독 입구에 씌워놓은 비닐을 뚫어 놓은 것입니다. 화가 난 아내는 30리터는 족히 되는 8년 묵은 매실 엑기스를 버리면서 소리쳤습니다.

"이건 아니야!"

요 괘씸한 녀석을 제재할 방법을 궁리해야 했습니다. 창고에 있던 쥐틀을 통 앞에 두고, 장독대 옆에 밧줄을 어지러이 펼쳐뒀습니다. 그 다음날부터 이 녀석은 근처에 얼씬도 하지 않았습니다. 쥐틀은 덩치 큰 그 녀석에겐 잡는 힘이 약하고 크기도 작아 별 소용없고, 밧줄 역시 녀석의 발에 걸리면 걸리적거리는 정도여서 전혀 해가 되지는 않습니다. 하지만 집 주인의 소심한 의지와 경고가 먹혀 든 모양입니다. 그 뒤로 너구리는 장독대나 음식물 쓰레기통 근처에 얼씬도 하지 않았습니다. 그 정도 조치에 눈치 있게 구는 녀석이 대견했습니다.

겨울철이면 우리는 산짐승들이 배고프지 않을까 해서 가끔 고구마나 견과류 등을 집 앞에 놓아두곤 했습니다. 눈이 많이 내린 어느 날, 화장실에서 밖을 내다보니 평소 행실답지 않게 얌전히 앉아 있는 강산이의 뒷모습이 보였습니다. 나가 보니 녀석은 너구리와 코가 닿을 거리에서 마주보고 있었습니다. 그 까칠한 강산이가 저보다 덩치가 큰 너구리와 얌전히 앉아 있는 광경이 정말 묘하기도 했지만 한편으론 정겨웠습니다. 짐승이 가까이 오면 난리도 아닌 녀석이 그날은 왜 그랬는지 알 수 없습니다. 주인이 주는 먹이로 굶주리는 법이 없는 제 처지에 비해 너구리의 딱한 사정이 측은했던 걸까요?

뜻밖의 짐승 출현에 깜짝 놀란 적도 있습니다. 어느 날 아침 일어나 마당을 향한 커튼을 젖힌 뒤 저는 제 눈을 의심했습니다. 엄청 큰 사슴이 마당 잔디밭 위에 위풍당당 서 있는 것입니다.

"아니, 저게 뭐야. 사슴 같은데?" 곁에 있는 휴대폰은 그냥 두고 방으로 뛰어들어가 카메라를 찾았습니다. 사진을 제대로 찍어야겠다고 여겼지요. 카메라를 들고 나오니 이 거구의 사슴은 어느새 잔디밭을 지나 아래 밭 쪽으로 우아하게 멀어지고 있었습니다. "우리나라에 저렇게 큰 사슴이 있는 거야?" 지인들에게 이야기하니 아마도 엘크일 거라고 했습니다. 엘크를 키우는 농장이 이 고장에 있으니, 그 농장에서 탈출한 녀석인 모양이었습니다.

담비를 본 것은 행운이었습니다. 어느 날, 아침에 커튼을 젖히니 커다란 담비가 잔디밭 가장자리에 있었습니다. 얼굴과 옆구리 등은 아주 진한 적갈색이고, 나머지 부위는 황금색 털을 가진 멋들어진 자태였습니다. 워낙 귀한 녀석

이라 이렇게 가까이에서 본다는 건 행운입니다. 마치 선명한 사진 속에서 막 튀어나온 것 같은 담비는 몸집이 생각보다 커서 놀랐습니다.

멧돼지와의 조우는 조금은 흔한 일입니다. 날씨가 싸늘해지는 늦은 가을밤에 지방 도로를 운전해서 가다보면 멧돼지 일가족의 행진을 볼 때가 간혹 있습니다. 눈앞에서 덩치 큰 멧돼지와 마주치면 그 난감한 기분은 표현하기 어렵습니다. 아내와 뒤편 암자 쪽으로 산책을 갔다가 돌아오는 어느 날, 멧돼지와 마주쳤습니다. 녀석이 산에서 막 도로로 내려오던 차에 맞닥뜨린 것입니다. 아내는 제 뒤에 숨고, 마침 저는 긴 작대기를 들고 있었기에 땅을 두어 번 크게 두들기니 멧돼지는 제가 내려왔던 산으로 올라갔습니다. 간혹 뉴스에 멧돼지가 사람을 공격해 다쳤거나 죽었다는 소식이 나옵니다. 그런 경우의 멧돼지는 예외적으로 상당히 공격적인 녀석들이라 생각합니다. 인간 세상에도 공격 성향을 보이는 치들이 있듯이 말입니다. 대개의 경우 멧돼지는 사람과 조우하면 스스로 제 몸을 피합니다. 특별한 사례를 들고 멧돼지를 사람을 해치는 못된 녀석으로 취급하는 건 잘못된 인식입니다.

최근 들어 한 가지 걱정이 생겼습니다. 집 주변에 가끔 보이던 뱀과 들쥐, 다람쥐 같은 작은 짐승들을 보기가 어려워졌기 때문입니다. 이런 상황이 언제부터 시작됐는지 생각해보니, 집 주변에 나타나는 고양이들이 가여워 아내가 생선 찌꺼기나 뼈 등을 작은 그릇에 내놓았던 그때부터였던 것 같습니다. 이 녀석들이 하루에 두서너 번 집 주변에 끼니를 챙기려고 오면서 뱀과 들쥐, 그리고 다람쥐가 사라져 버렸습니다. 아주 초반에는 전혀 볼 수 없었던 고양이가 점점 득세하기 시작하면서 결국 작은 들짐승이 모두 숨은 겁니다. 저녁나절 밭에 앉아 있는 꿩도 흔히 봤는데 요즘은 아예 보이지 않습니다. 고양이가 나타나고 부터입니다. 꿩은 밭이나 논, 벌판에서 살살 기어 다니며 먹이를 찾습니다. 무언가 제 주위에 가까이 오면 날아오르는데, 멀리 날지 못해 고양이의 표적이 되기 십상입니다. 돌담 사이를 지나면 흔히 돌아다니던 다람쥐나 들쥐, 밭에서 푸드득거리며 날아오르던 꿩을 이제는 만나기 어려워졌습니다. 대신 산책을 나가 마을을 지날 때면 여기저기에서 고양이를 쉽게 만납니다.

아랫마을도 사정은 마찬가지입니다. 마을 할머니에게 물었더니 역시 제 생각과 다르지 않았습니다. 마을의 짐

승들이 사라진 시기와 우리집 근처의 들짐승들이 사라진 시기가 비슷합니다. 아내에게 고양이 먹이 주는 일을 하지 말라고 부탁했습니다. 몇 달이 지나자 다람쥐가 간혹 보이긴 하는데 아직 들쥐나 뱀, 꿩 등은 돌아오지 않습니다. 고양이가 득세하는 한 돌아오지 않을 듯합니다. 도시에서 흔히 볼 수 있었던 고양이가 마침내 시골까지 진출해 시골 생태계에 위기를 불러일으키고 있습니다. 개를 풀어놓고 키우던 시기에는 이런 일이 없었던 것을 보면 아무래도 고양이가 개보다 사냥 본능이 큰 것 같습니다.

TV유감,
그리고 저녁 시간

우리처럼 시골 외딴 집에 사는 이들은 해가 떨어지고 어둠이 찾아들면 모든 일과가 끝납니다. 도시처럼 화려한 불빛으로 시작되는 밤거리의 활기는 완벽한 어둠이 찾아오는 여기서는 가당치도 않습니다. 밤이 되면 근처의 지인과도 두레 모임 회원이나 가까운 이웃과도 만나지 않습니다. 불문율입니다. 간혹 초대받아 다른 이의 집에서 저녁 식사를 한다든지 저희가 초대를 하는 경우가 한 해에 두어 번 있지만 대부분은 해가 떨어지면 온전히 집안에 칩거합니다. 도시와 시골이 완벽히 다른 점 중의 하나입니다. 이런 산골에는 밤 문화가 없습니다. 군청 예술회관에서 저녁

공연을 관람한다고 간혹 밤에 귀가하는 때가 있긴 합니다만, 지인과의 만남도 거의 점심 식사를 겸해 이루어지므로 밤 시간은 오롯이 '내 것'입니다.

나만을 위한 저녁 시간 보내기는 제가 몹시도 바라던 바였습니다. 읽고 싶은 책은 모두 읽고 말겠다고 벼뤘기 때문에 이주하고 몇 년 동안은 주로 책을 읽었습니다. 하지만 마음 먹은 것과 달리 독서에 집중하는 시간이 그리 오래가지 못했습니다. 좀 고된 노동이 있는 날은 저녁 식사를 하자마자 꾸벅꾸벅 졸기 마련이고, 책을 펼쳐도 일찍 찾아온 노안으로 돋보기 아래의 글씨가 아른거렸습니다.

그러던 중 우리는 오히려 도시에서 거의 접해보지 않았던 '신세계'에 탐닉하게 됐습니다. TV입니다.

우리는 TV로 영화 감상을 하거나 방영 중인 프로그램을 보기 시작했습니다. 본디 TV는 우리에게 낯선 물건이었습니다. 도시에서 살 때에 TV는 장식장 위에 놓인 하나의 가구에 불과했지요. 업무로 늦거나 음주 후의 귀가가 많았고, 휴일이면 친구를 만나거나 평일에 하지 못했던 볼일을 보느라 TV 앞에 거의 앉지 않았습니다. 그런데 이 산골에서는 TV만큼 집중하게 하는 물건이 없었습니다.

뉴스, 코미디, 가수들의 노래 경연, 주말 연속극과 다큐멘터리……. 우리는 언젠가부터 TV 화면에 눈을 박고 있었습니다. 바보상자는 어느새 우리의 밤 시간을 지배했습니다. '막장'이라 불리는 일일 드라마, 일상에서 흔히 볼 수 있는 보통 사람들 대신 종교 종사자, 학자, 검사, 변호사, 교수 들만 앉아 있는 토론 프로그램, 의사에게 온갖 권능을 부여하는 건강 프로그램, 향락 지상주의를 권장하는 것 같은 예능 프로그램, 방송 의미가 의심되는 '먹방' 프로그램, 한번 유행하면 방송사마다 미친 듯이 도배되는 비슷한 포맷의 프로그램들.

TV 앞에 앉으면 까닭모를 남루한 기분이 들기 시작했

습니다. 대중매체의 프로그램이 꼭 교훈적이고 교육적이
며, 사회의 모범만 보여줘야 한다고 여기진 않습니다. 그렇
지만 한계선은 지켜야 한다고 저는 믿습니다.

TV를 보다 보니 너무 과하다 싶은 프로그램은 우리에
게 맞지 않았습니다. 우리는 TV의 편성표를 미리 검색해
서 선별해 보기로 했습니다. 세태를 잘 반영한 드라마, 다
큐멘터리, 여행 프로그램 등을 볼 때면 TV가 통 바보상자
만은 아니구나 하는 생각이 들 때도 있습니다. 하지만 눈
길을 끄는 프로그램이 서서히 사라지고 있는 것 또한 사실
입니다. 방송국에게 최소한 인간으로서의 품격은 한 조각
챙길 수 있는 프로그램을 만들어달라 말하고 싶습니다.

요즘은 TV에 거의 눈을 두지 않습니다. 저녁 시간을
TV 대신 그림 그리기, 영화 감상, 책 읽기로 대신합니다.
즐길 수 있는 산골의 밤문화가 하나 없어진 셈이지요. 그
래도 변화한 지금의 시간이 훨씬 좋습니다.

전기와 통신이 불리한 지역

요즘 우리나라는 시골까지 전기나 통신망이 잘 갖춰져 있습니다. 덕분에 전화와 모바일 서비스, 인터넷, TV를 이용하는 데어려움이 없습니다. 하지만 아직도 산골에는 이런 기간 시설이 미비한 곳이 있습니다. 마을이 형성된 곳이나 집이 이미 들어선 곳은 시설이 갖춰져 있지만, 외따로 떨어진 곳에 집을 지을 경우 난감한 상황에 처하는 사례가 적지 않습니다.

인가와 떨어진 곳에 집을 지으면 전기와 통신 시설 설비에 경비가 많이 들거나 아예 설비가 불가능할 수 있습니다. 전기는 기존 설치된 전주와 신축 주택과의 거리가 규정 거리를 초과할 때, 초과된 거리만큼 소요된 자재와 인건비를 건축주가 한국전력공사에 납부해야 합니다. 통신도 이와 비슷해서 지형 조건이 나쁘면 설치를 거절하는 경우도 있습니다. 미리 한전과 KT에 문의해 사전 조사를 해야 합니다. 설비 조건이 아주 험한 지형이거나 마을과 거리가 먼 곳의 신축은 전기와 통신도 토목 공사 못지않게 예산이 많이 들어갑니다. 통신 품질은 기기의 기술이 발달해 원만히 설치만 되면 도시 못지않은 품질로 사용할 수 있으니 걱정하지 않아도 됩니다.

불만족스러운
공공기관

계곡을 끼고 살면 성가신 일이 더러 있습니다. 재난대피방
송용 스피커도 그중 하나입니다. 스피커는 골짜기마다 보
통 여섯 개에서 여덟 개, 혹은 열 개 정도 양방향으로 설
치돼 있습니다. 여름 휴가철 갑자기 폭우가 쏟아질 때, 불
어난 물에 골짜기 인근에서 텐트를 치거나 물놀이를 하던
피서객의 피해를 우려해 군청에서 설치한 것입니다. 인근
의 지리산 계곡에 많이 설치돼 있고, 우리 고장에도 몇 군
데 있습니다. 우리 마을 계곡에도 설치돼 있습니다.

  이 스피커를 지탱하는 철골 구조물에는 신묘한 장치가
붙어 있습니다. 비가 몇 밀리미터 이상 온다든지 갑자기

폭우가 쏟아지면, 대피하라는 여성 목소리와 함께 사이렌이 울립니다. 덕분에 여름 장마나 태풍철은 우리에게 괴로운 시기가 되고 말았습니다. 비가 조금 심하게 내리는 날이면 어김없이 사이렌이 울리고, 카랑카랑한 음성이 고막을 때립니다. 낮이든 밤이든 상관없이 울리는 이 소리 때문에 자다가 화들짝 놀라 일어난 적이 한두 번이 아닙니다. 비가 자주 오던 어느 해에는 도무지 잠을 이룰 수가 없어 이웃과 함께 군청 재난예방 부서를 찾아가기도 했습니다. 우리 동네 계곡은 7월 말부터 8월 초 잠깐 동안에만 몇 안 되는 피서객이 찾는 곳입니다. 우리는 이 사실을 강조하며 군청 담당 간부에게 호소했습니다.

"8월 중순경부터는 계곡에 피서객이 찾아오지 않으니 스피커 볼륨과 비오는 양의 계측을 좀 줄여주세요. 피서객의 안전도 중요하지만 인근 주민의 불편도 헤아리면 좋겠습니다. 8월부터 10월 초까지 태풍으로 인한 폭우가 잦은데 아무도 없는 계곡에 스피커 소리만 요란합니다. 너무 힘드니 부탁드립니다."

우리의 호소에 군청에서도 수긍하여 조절을 해줬습니다. 하지만 민원이 인계가 되지 않아 장치 점검을 하는 스피커 설치 업체에서 해마다 조절 값을 원위치하거나, 군청 담당자가 교체돼 원상 복귀되는 경우도 있었습니다. 그럴 때마다 다시 군청에 찾아가거나 전화해서 당부하기도 했지만 이젠 거의 포기했습니다. 우리는 텅 빈 골짜기를 쩌렁쩌렁 울리는 사이렌 소리와 카랑카랑한 대피 방송을 피서객이 사라진 10월 초까지 들어야 합니다. 잠깐 다녀 갈 피서객에겐 참으로 사려 깊은 배려를 아끼지 않는 공무원들이 주민에겐 왜 그러지 못할까요? 한번은 담당 간부를 찾아가 말했습니다.

"우리집 별채를 내주고 식사도 대접할 테니 비오는 날 하룻밤만 우리집에서 자 보면 어떻겠소?"

담당 간부는 곤란해 하며 대답했습니다.

"골짜기마다 이런 민원이 많지만 예산을 들여 설치해 놓은 것을 철거할 수도 없고······"

이야기를 들어보니 그들도 문제를 알고 있기는 했습니다. 하지만 "비싼 돈을 들여 설치했다가 철거하면······"이라는 말 뒤에 삼킨 이야기가 무엇일지 예상이 가서 다시는 그들을 찾아가서 괴롭히지 않겠다고 작정했습니다. 다만 비가 몹시 오는 날엔 군청 당직실에 전화할 수밖에요.

공공기관의 처리 방식이 아쉬웠던 경우가 또 있습니다.

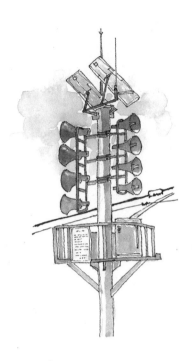

집을 다 지어갈 무렵의 일입니다. 주택 부지를 실측하고
정화조 설치 위치를 정하던 중이었습니다. 시공업체에서
나온 직원이 이 고장의 정화조 형태가 어떤 식으로 허가
가 난 것인가를 보려고 150미터쯤 떨어진 아랫집의 정화
조를 살피러 갔습니다. 그런데 처마의 말벌 집에서 보초를
서던 말벌 한 마리가 그만 직원의 귀 뒤쪽을 쏜 것입니다.
말벌에게 쏘인 뒤 채 1분도 되지 않아 구토를 하는 직원을 차에 태워 급히 읍으로 향했습니다.

면사무소 인근에 보건지소가 보여 차를 세우고 뛰어 들어가 의사에게 사정을 이야기하니 읍 병원으로 가야 한다고 이릅니다. 다시 차를 달려 읍으로 가는 도중 옆자리의 그는 차창 밖으로 고개를 내밀고 토하면서 호흡이 어렵다고 했습니다. 서둘러 휴대폰으로 119에 신고를 했습니다. 15분쯤 뒤 읍 입구에 들어서자 고맙게도 119 대원이 기다리고 있었습니다. 그들의 도움으로 연락해 둔 병원에 들어서니 미리 준비하고 기다리던 의사가 숨을 헐떡이는 그에게 주사 세 대를 연달아 놨습니다. "아이쿠, 이 양반 우리집 지어주려다 여기서 죽는 거 아냐!" 걱정이 돼서 안절부절 못하고 있는데 잠시 후 주사를 맞은 직원이 깊은 숨을 쉬며 일어나 앉았습니다. 벌에 쏘이고 금방 숨이 넘어갈 것 같던 사람이 주사 세 대를 맞자마자 금방 일어나 앉는 광경을 보니 좀 얼떨떨했습니다. 벌독 알레르기가 유독 심했던 직원은 1시간 뒤 병원에서 무사히 나올 수 있었습니다.

황망한 일을 마무리하고 나자 새삼 아까 면 소재 보건지소 생각이 났습니다. 나중에 깨달았지만 시골생활에서 가장 위험한 것이 말벌과 독사입니다. 가끔 일어나는 사고로 드물지만 죽는 사람도 있다고 합니다. 그런데, 그런 위급 환자에게 응급조치조차 하지 못한다면 보건소가 무슨 쓸모입니까? 전화만 받고, 환자의 상세한 상태도 모르던 읍 병원이 주사를 미리 준비해 둘 정도면 강심제나 항 알레르기 약물일 텐데 그 정도의 주사도 준비해 두지 않고, 또 주사할 엄두를 내지 못하는 의사라면 보건지소가 필요 없다는 이야기가 아닐까요?

실제로 보건지소의 한계를 법으로 정해두었는지, 아니면 그 당시 의사가 귀찮았던 것인지, 왜 필요한 약물을 비치하지 않고 있었는지 저로서는 알 수 없지만 정말 말이 되지 않는 일입니다. 그런 조치조차 하지 못한다면 보건지소의 의사는 주민의 작은 상처나 감기약 정도만 처방해 준다는 뜻입니다. 간호사도 있는 큰 건물이 무색할 정도로 사소한 진료만 가능하다는 사실이 어이가 없었습니다.

보건지소의 공중보건의의 역할에 대해서는 20년이 지난 지금도 여전히 의문입니다. 최근에는 벌에 쏘인 환자에 대해서 환자의 상태에 따라 치료를 한다고 합니다. 그렇지만 제가 생각하는 또 하나의 문제가 있습니다. 보건지소가 토요일이나 일요일, 공휴일에 문을 닫는 것입니다. 시골의 응급 환자는 위중한 경우가 많습니다. 낭떠러지에서

굴렀거나, 독사에 물렸거나 말벌에 쏘인 경우 또는 농기계에 치여 팔다리가 부러져 찾아오는 환자가 대부분입니다. 보건지소가 제 역할을 하려면 이런 위급 상황에 대처하는 체계를 갖춰야 합니다. 산골 오지는 인구의 90퍼센트 이상이 노약자라 응급 상황이 발생할 때가 많습니다. 그런데 도시에서는 흔한 의원급 병원 하나 찾아보기 힘드니 보건지소의 제한적인 역할에 아쉬운 마음이 들 수밖에 없습니다. 시골의 보건지소가 아무짝에도 쓸모없다는 이야기를 듣지 않으려면 보건복지부가 정신 차려야 할 것입니다.

덧붙임

산악 지역의 벼락 피해에 대해

산골엔 벼락이 잦습니다. 20년 동안 벼락으로 입은 피해가 여러 번이었습니다. 지형과 위치에 따라 꽤 흔하게 일어나는 일입니다. 먼 산에서 천둥소리가 들리면 우리 부부는 부리나케 지하수 컨트롤 박스의 메인 스위치를 내리고, 보일러의 콘센트를 뽑습니다. TV의 전원선도 뽑고 인터넷이 연결된 셋톱박스도 차단합니다. 전원 콘센트를 뽑아놓으면 가장 안전하게 벼락 피해를 예방할 수 있습니다.

이곳에도
CCTV

빨간 램프가 반짝이는 CCTV가 요즘 들어 시골동네에도 여기저기 설치됐습니다. 3~4년 전부터 부쩍 많아진 것 같습니다. 야간에도 촬영이 가능한 CCTV가 동네 어귀는 물론, 갈림길과 쓰레기 적재 장소, 사찰 주변 등 곳곳에서 우리를 내려다보고 있습니다. 세상의 수많은 시선이 싫고, 남의 눈치를 보는 게 싫어서 온 시골마저도 이 CCTV의 시선을 피할 수 없게 된 것입니다. 아마 각종 범죄 단서의 포착, 수집, 색출, 통계, 정보 수집 등을 위해 경찰이나 행정관서에서 설치한 것일 CCTV는 읍내에 가도, 면소재지에 가도, 마을 입구에도 어디서나 눈을 부릅뜨고 있습니다. 사거리 골목길, 시장통, 행정관서 주변, 사방의 전주에 설치된 카메라는 조지 오웰의 빅브라더까지는 아니더라도 묘한 거북함을 느끼게 합니다. 그렇지만 어느 누구도 부릅뜬 눈 같은 CCTV의 일상화된 모독에 대해 말하지 않더군요. 인권을 밥 먹듯 이야기하는 변호사나 교수도, 시민단체도, 민주화와 독재 타도를 외치던 정치인도, 언론인도……. 아무도 CCTV에 대해 이야기하지 않습니다. 이게 정상적일까요? '일상화된 모독'이라고 표현하는 제가 뜬금없는 건가요? 우범 지대에 설치된 CCTV는 백분 양보해 납득할 수 있습니다. 그렇지만 고개를 들어 올려다보면 우리 사는 사회 곳곳에 CCTV가 내려다보고 있습니다.

요즘은 국도나 고속도로에서 예전만큼 경찰관을 보기 힘듭니다. 바쁘게 돌아다니는 순찰차도 잘 보이지 않습니다. 대신 도로 위에 있는 수많은 카메라가 사람들을 내려다보고 있습니다. 경찰관이나 행정관서 공무원은 도로 정보 수집, 방범 목적, 속도 감시용 CCTV를 설치해 두고 책상에 앉아 CCTV 화면만 들여다보거나 자료를 출력하고 있는 것 같습니다. 우리 사회의 CCTV에 대한 불감증이 한창 문제가 됐던 불법 촬영 카메라의 대유행과 연관 있다는 생각을 해 보신 적 있는지요. 범죄 단속에 이용하고 각종 통계에 활용하는 CCTV를 불법 촬영 카메라와 연관 짓는 게 말이 되냐고 생각하는 이도 있겠습니다. 우리 사회는 정부관서의 편의성과 범죄 예방에 대한 강박증이 너무 뾰족한 것 같습니다. 어렵지만 최대한 인격을 보장하는 해법을 포기하고, 우리 자신도 모르게 감시 사회를 조장하고 있는 게 아닐까 생각합니다.

우리와는 여건과 목적에 약간의 차이가 있지만 러시아의 예를 들어 보겠습니다. 러시아의 모스크바 모든 지하철역에는 지하로 연결된 에스컬레이터에 여성 안전요원이 배치돼 있습니다. 에스컬레이터의 경사가 급하고 몹시 길어서 혹시 일어날지도 모르는 안전사고를 대비한 것입니다. 또, 상트페테르부르크의 수많은 간이 유료 화장실에는 입구에서 요금을 받고 안내하는 할머니가 있습니다. 박물관과 미술관 또한 각 전시실 방(옛 건물을 개조해 만든 탓으로 많은 작은 방에 작품을 전시하고 있었습니다)마다 안내와 작품 관리를 하는 노인이 배치돼 있었습니다. 시내를 다니는 모든 버스에서도 할머니가 요금을 받습니다. 러시아 정부는 과연 사람을 고용하는 것이 경제적으로 이득이라 생각해 감시 카메라를 사용하지 않는 걸까요? 오히려 인

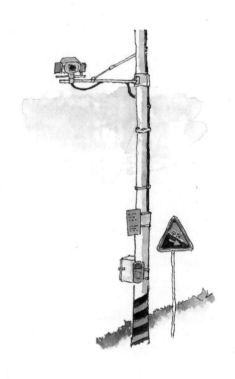

건비로 인한 지출이 더 클 텐데 말입니다. 그들도 우리처럼 에스컬레이터를 비추는 CCTV를 들여다보고 있다가 사고 수습에 나설 수 있을 것입니다. 박물관이나 미술관, 버스에서도 마찬가지이고요. 러시아의 인권 옹호 수준이 우리보다 월등해서 그런 시스템을 유지하고 있는 건 아닐 테지요. 그보다는 노인 일자리 창출 차원으로 보는 것이

맞을 것 같습니다. 그래도 결과적으로 우리나라의 삭막한 CCTV보다는 훨씬 따뜻해 보이는 풍경을 보여줍니다. 우리도 이제 좀 '까칠한 효율'에서 벗어났으면 좋겠습니다.

　대도시의 어지러운 삶을 피해 이 시골에 은거하다시피 살고 있는 제게도 CCTV가 뒤통수를 건드리니 괜히 심란해집니다. 요 며칠 전 아랫마을 입구에 새로 설치된 CCTV 밑을 지나다가 괜히 화가 났습니다. 그래서 걸음을 멈추고 카메라의 렌즈를 10초쯤 뚫어져라 쳐다보았습니다. 만약 경찰관이 그 광경을 화면 속에서 보고 있었다면 저 녀석 뭐야하고 놀랐을지도 모르겠습니다.

산골도 예외 없는
토건공화국

우리 마을에는 국도에서 갈라져 들어오는 좁은 소로小路
가 있습니다. 소로이긴 하지만 차가 충분히 다닐 만큼의
넓이는 됩니다. 그 도로가 약 700미터 가량 이어져서 한
줄기는 우리집으로, 한 줄기는 작은 암자 방향으로 길이
갈라집니다. 우리집 쪽 길에는 주택 두 채와 또 다른 암자
한 채가 있고, 작은 암자 쪽 길에는 주택 다섯 채가 있습
니다. 작은 암자 쪽 길의 주택 다섯 채 중 세 채는 별장처
럼 사용하는 비상주 주택으로 평소엔 아무도 살지 않습
니다. 작은 암자 쪽 도로는 깊은 계곡 위로 난 길인데, 오
랫동안 보수하지 않아 포장이 형편없어서 손을 봐야 하는

도로입니다.

6년 전 군청에서 공무원이 나와 주민들을 마을 회관에 모이게 했습니다. 사람이 모이자 공무원은 자료를 나눠주며 브리핑을 했습니다. 작은 암자 쪽의 도로를 확장해서 포장하겠다 합니다. 확장 포장을 하겠다는 도로 양쪽에는 조그만 밭 일부와 밤나무가 심어진 땅이 있습니다. 계곡 방향으로 급한 경사가 있어 쓸모 있는 땅은 아닙니다. 브리핑 자료에 공사 목적이 있어 자세히 살펴봤습니다. 첫째, 농산물 수송에 문제가 있어 이를 해소해야 하고, 둘째, 차량 통행이 어려운 불편이 있고, 셋째, 주민 숙원 사업이기에 해결해야 한다고 합니다. 그래서 제가 물었습니다.

"농산물 수송이 원활하지 못하다고 했는데 어떤 농산물을 말하는 것입니까?"

공무원 중 누구도 우물쭈물 대답하지 못했습니다. 이 길을 통과하는 유일한 농산물은 밤인데 이웃 동네 80대 영감님이 경운기로 조금씩 옮기는, 1년에 한 번 수확하는 농산물입니다. 밤이라는 농산물이 한꺼번에 영글어 한 번에 수확하는 작물이 아니라 한 자루, 두 자루 주워서 가져가는 농산물이니 수송에 문제가 될 이유가 전혀 없습니다. 저는 또 다시 그들에게 질문을 던졌습니다.

"차량 교차 통행이 어려운 것은 분명하나, 그 길을 통과하는 가정은 암자를 포함해 세 집에 불과합니다. 제가 10년 넘게 살았지만 차량 교행 때문에 낭패를 겪은 적은 없었습니다. 군청이 이런 한두 집의 차량 교행을 위해 예산을 수억 원 들이고, 계곡의 자연을 훼손하겠다고 하니 고맙기도 하고 황당하기도 합니다."

이에 공무원들은 또 묵묵부답이라 저는 세 번째 공사 목적까지 언급해야 했습니다.

"주민 숙원사업이라고 했는데 어느 주민을 이야기하는 것입니까? 저도 이 공사에 직접 영향을 받는 주민인데 이 도로를 확장해 달라고 청원한 적은 없습니다. 또, 공무원이 찾아와서 불편 사항을 청문한 적도 없습니다. 그런데 어떤 주민이 '숙원' 사업을 원했는지 알고 싶습니다."

공무원들은 마지막 질문에 대한 대답도 없었습니다.

사실, 작은 암자에 사는 스님이 군청을 방문해 도로 포장과 함께 차량이 교행할 수 있게 여유지를 만들어 달라고 청원했다는 이야기를 들은 적이 있었습니다. 매년 초파일이면 신도들이 차를 몰고 오는데 길이 좁아 불편하다는 게 이유였습니다. 말하자면 도로 공사는 스님의 숙원 사업이었던 셈이지요.

이 길을 확장하려면 깊은 계곡의 경사진 면을 깎아 내야 합니다. 평탄한 구릉지나 일반적인 평지가 아니라 깊은 곳은 경사가 80도 정도로 급하므로 확장을 위해 깎아 내면 토사가 계곡 쪽으로 쏟아져 내리는 환경입니다. 이 공사가 벌어지면 이 일대가 엄청난 상처를 입습니다. 공무원이 가고 나자 몇몇 주민이 저한테 항의를 했습니다.

"그 길이 넓어지면 나쁠 게 뭐 있다고. 당신 집 쪽도 아닌데."

"군청에서 추진하는 일을 그렇게 따박따박 반박하며 면박을 주면 어떡해요?"

"이 공사를 위해 확보한 예산은 주민이 반대하면 반납해야 한다는데, 이번 공사가 무산되면 앞으로 우리가 정말 필요한 공사가 있을 때 군청에서 지원해 주겠습니까?"

저는 그들에게 말했습니다.

"당신 역시 이 길하고는 별 상관이 없지 않습니까? 길이 생기면 무조건 좋다고 찬성할 일입니까? 길을 정비할 필요는 공감합니다. 계곡 쪽이 아닌 산 쪽으로 도로를 약간 확장하고, 배수로를 묻고 잘 포장하는 것 정도는 아무 문제도 없겠지요. 하지만 지금 이 공사는 공사를 위한 공사를 하겠다는 것 아닙니까. 도로 공사를 3년 가까이 한다는데, 과연 이런 공사가 옳다고 생각합니까? 국가 돈은 국민의 세금이 아닙니까. 더 긴요한 곳에 사용되는 것이 맞지 않겠습니까?"

제 설교조의 이야기에 사람들은 그래, 너 잘났다 하는 표정으로 바라볼 뿐 이었습니다. 그 일이 있고 난 후, 3년 여가 지나도 아무런 움직임이 없더니 재작년부터 도로 확장 예정 부지에 대한 보상이 이뤄졌습니다. 경사가 심해 아무 쓸모가 없는 땅을 보상해준다하니 먼 조상 때부터

물려받은 땅을 가진 지주들은 신이 났지요. 그러더니 금년 초부터 중장비가 들어와 공사를 시작했습니다. 급한 경사지는 깎여 나가고, 토사는 계곡으로 쓸려 내려갔습니다. 맞은편 골짜기는 누런 토사가 드러난 단면이 병풍처럼 펼쳐졌습니다. 공사가 80퍼센트 정도 진척됐을 때 거의 50일 동안 엄청난 폭우가 쏟아졌습니다. 중장비로 건드린 골짜기의 토사는 마구 흘러내리고 계곡은 아수라장이 되었습니다.

꼭 해야 하는 공사는 해야 합니다. 그렇지만 이런 식의 몰아붙이기 공사는 재난이며 황망한 일입니다. 수많은 아름드리 소나무가 베어졌습니다. 하루 종일 차 몇 대가 오가는 세 가구가 사는 길을 2차선 넓이로 확장해야 한다니……. 어이가 없다 못해 한심합니다. 이런 식의 공사가 이곳에서만 벌어지는 일은 아니라고 생각합니다. 우리나라 땅의 어느 곳을 다녀도 무수한 공사판을 볼 수 있습니다. 개발도상국도 아니고 인프라가 빈약한 국가도 아니며, 전쟁 끝의 복구를 위한 것도 아니면서 왜 이리 많은 공사가 곳곳에서 벌어질까요?

우리 면은 산지가 대부분이고 논이 있는 평지는 정말

보잘 것 없는 면적을 차지하고 있습니다. 그런데 몇 년 전 낡은 면행정복지센터를 헐고, 그 자리에 주차장을 만들었습니다. 면행정복지센터를 신축한 곳은 면소재지의 노른자위 땅으로 보이는 논이었습니다. 우리나라 식량 자급률이 44.4퍼센트 정도라 하고, 그중 곡물 자급률은 20.9퍼센트라는데(농림축산식품부, 2022년 양정자료), 이 나라의 공무원이 건물과 잔디밭, 무엇에 쓸지 알 수 없는 콘크리트 덮인 공터, 주차장으로 멀쩡한 논을 덮어 버렸습니다. 그 건축의 주체가 민간 기업도 아닌 국가 기관이라니 참 황당합니다. 면행정복지센터 직원 10여 명, 면 인구 1,500명 정도의 이 작은 행정사무소가 논바닥을 점령하고 있는 광경을 볼 때마다 한숨이 나옵니다. 꼭 필요한 공사를 하고 싶다면 이 고장에 널린 산지를 개발하면 될 일 아닙니까? 면 소재지 중심과 인접한 곳에 산지가 부지기수로 많은 고장이니까요. 불요불급한 예산을 발굴해 복지 예산으로 돌려 어려운 이를 돕겠다는 지자체장도 있긴 합니다만 보수라 자칭하는 정부도, 진보라고 자인하는 정부가 들어서도 이런 해괴한 일들은 끝나지 않습니다.

이제 우리나라도 '토건공화국'이라는 오명에서 벗어나야 할 때가 왔습니다. 공사심사처 또는 공사심의원 같은 국가 부처를 만들어 불요불급한 공사를 막고, 국가 재정을 효율적으로 운영하여 정말 필요한 곳에 썼으면 좋겠습니다. 얽히고 얽힌 먹이 사슬이 너무도 견고해 보여 단순히 기대를 거는 것만으로도 벅차게 느껴지긴 합니다. 답답하지만 그래도 사회의 인식이 점차 개선되어 희망의 징조가 보이길 기원해봅니다.

지역 축제 단상

전국에서 열리는 축제는 셀 수 없이 많습니다. 각 지자체
마다 어떤 형식이든 축제라는 이름을 붙여 한 해에 한두
번은 열기 때문입니다. 지역에서 열리는 축제 중에는 많은
사람들에게 알려진 유명한 축제도 꽤 있습니다. 우리 고장
에서 가까운 진주는 남강과 진주성을 중심으로 한 유등
축제로 전국에 잘 알려져 있습니다. 저도 몇 번 구경한 적
이 있는데 규모도 크고 아주 아름답습니다. 강원도 화천
의 산천어 축제도 유명합니다. 꽁꽁 얼어 있는 못에 구멍
을 뚫어 미리 풀어놓은 산천어를 낚아 올리며 즐기는 축
제입니다. 사실 수많은 사람들이 얼음 위에 빼곡히 앉아

양식장에서 데려와 풀어 놓은 물고기를 잡기 위해 낚싯줄을 내리고 있는 광경이 제게는 불편하게 느껴집니다. 대개 가족 동반으로 축제에 참여하는데, 이런 놀이가 추억 만들기에는 좋을지 몰라도 아이들에게 자칫 생명에 무심한 정서를 심어 주지 않을까 염려됩니다. 그러나 제가 불편해하든 그렇지 않든 축제는 열립니다. 드물지만 최근에는 면 단위 지역에서도 축제를 엽니다. 남이 하니까 우리도 한다는 경쟁 심리 때문에 점점 축제가 늘어나는 걸까요?

우리 고장에서 열리는 축제에 몇 차례 갔습니다만 요즘에는 잘 가지 않습니다. 제가 원하는 축제는 사람들이 참여할 수 있는 이벤트가 있는 축제입니다. 하지만 제가 간 축제 대부분 그냥 구경만 하는 축제였습니다. 반짝이는 옷을 입은 가수가 휘황한 무대에서 노래하고, 장돌림꾼들이 집결해 물건 팔고, 알록달록 줄지어 설치한 천막 아래에서 국밥과 막걸리를 파는, 그런 축제 말입니다. 사람들은 이리 기웃, 저리 기웃 구경하고 가수가 노래하는 무대 아래를 어슬렁거리다 돌아옵니다. 우리 고장만 그런 것이 아닙니다. 대다수의 축제가 매력도 개성도 없는 비슷한 구성입니다. 이게 진정한 축제가 맞을까요? 이런 축제를 왜 전국 각지에서 하고 있을까요?

인도에는 다채로운 색깔의 식용 가루를 서로에게 뿌리며 깔깔거리는 '홀리'라는 축제가 있습니다. 스페인에는 토마토를 던지며 즐기는 축제 '라 토마티나'가 있고 일본에는 마을별로 10톤에 달하는 통나무 기둥에 올라타 언덕을 미끄러져 내려오는 위험천만한 축제 '온바시라 마츠리'가 있습니다. 이 축제의 공통점은 모두가 참여해서 즐긴다는 것입니다. 지자체장은 축제 기간 동안 교통과 인파 통제, 편의 시설 제공 등만 지원합니다. 그러나 우리나라에는 참여하는 축제가 거의 없습니다.

우리가 참여하는 축제의 전통과 문화를 가지지 못하게 된 데에는 여러 가지 이유가 있겠지요. 일제시대와 1970년대 새마을운동과 개발 시대를 지나면서 우리 전통 축제들이 많이 사라진 것도 이유일 것입니다. 그때 우리 공동체 문화가 많이 사라졌습니다. 그러나 이제 우리의 경제적 위상이 세계 10위권에 들 정도로 성장하고 문화도 그만큼 성장했습니다. 규모가 크든 작든 참여하는 축제, 그곳에 모인 서로가 공동체의 일원이라는 인식을 하고 함께 기뻐할 수 있는 축제를 다시 발굴하거나 만들어야 합니다.

축제에 쓰이는 예산을 각 면 단위로 분할해서 주민들

의 놀이 문화를 지원하는 쪽으로 방법을 전환해 보면 어떨까요? 지원 받은 그룹(마을별 또는 모임별)이 축제 기간에 서로의 장기를 들고 나와 겨루며 즐기는 장을 만들면 더 많은 이들이 참여할 수 있지 않을까요? 놀이 중에서 주민의 호응이 좋았던 것을 발굴해서 면 단위의 축제로 발전시키고, 마을별 또는 모임별에서 선정된 놀이를 다시 군 단위 놀이로 발전시키는 겁니다. 지자체에서는 장소 제공과 질서 유지, 예산 지원만 하고요.

시골에서 축제가 끼치는 영향력은 도시와 달리 어마어마합니다. 드물게 벌어지는 큰 행사이기 때문에 축제는 거의 모든 군민의 관심사가 됩니다. 지역 경제 활성화에 기여하는 효과도 크고 특별한 유흥거리가 없는 시골 주민들이 오랜만에 즐길 수 있는 시간이기 때문입니다. 주민들의 관심도도 도시와는 비교가 되지 않습니다. 축제가 시작되면, 평일에는 늘 텅텅 빈 채로 운행하던 버스 안이 엄청 붐빕니다. 버스를 이용하기 어려운 노인은 이장이 승합차에 태워 모시기도 합니다.

이렇게 주민 관심도가 높은 만큼 이제는 더욱 천편일률적인 축제가 바뀌어야 합니다. 구경만 하는 축제에서 참여하는 축제로 말입니다. 단순히 구경거리를 제공하는 것에서 벗어나 지역민이 주인공이 돼서 타지에서 온 손님과 함께 어울리는 축제가 되면 좋겠습니다.

농업협동조합

시골 어디에나 농협이 있습니다. 줄여서 농협이라 하지만 정식 명칭은 '농업협동조합'입니다. 협동조합이라는 정체성을 숨기고 싶은 게 아닌가 하고 의심이 들 정도로 농업협동조합은 이 정식 명칭을 잘 사용하지 않습니다. 농업협동조합은 NH라는 영문 머리글자를 적극 사용하고 있습니다. 농협의 영문을 약칭으로 사용하는 것이지요. 농협은 NH라는 영문 약칭을 사용해서 LG나 SK처럼 하나의 민간 기업으로 행세하고 싶은 걸까요? 그래서 협동조합이라는 정체성을 희석시키고 기업의 가면을 쓴 것일 수도 있습니다. 시골생활 20년을 겪은 저는 농협에 대해 호감을 갖고 있지 못합니다. 그들의 업무 처리 방식 때문이 아니라, 시골로 이주할 때 기대했던 농협과 실제 살면서 느낀 농협이 다른 조직인 것 같기 때문입니다.

기대와 달랐던 첫 번째는, 농산물의 수요 예측과 생산물에 대한 판매 문제입니다. 뉴스에서 종종 보는 희한한 광경이 있습니다. 배추나 양파, 무 등 농산물이 과잉 생산돼서 농민들이 트랙터로 통째 갈아엎는 모습입니다. 저는 이런 현상이 일어나는 원인이 제 역할을 하지 못하는 농협 때문이라고 생각합니다. 농산물이라는 것이 어느 날 갑자기 몇 배가 소비되고, 아무런 이유 없이 구매량이 반으로 떨어진다든지, 양파처럼 꾸준하게 판매되는 작물의 소비량이 어느 해 갑자기 뚝 떨어진다든지 하는 경우는 거의 없습니다. 특수한 소비재는 충분히 그럴 수 있지만 생필품의 경우는 다릅니다. 기후상의 문제로 농산물의 생산량이 줄어든 경우는 있을 수 있지만 그렇다고 해서 꾸준하게 판매되던 농산물의 소비 패턴이 급격하게 변동하지는 않습니다.

이런 현상을 막기 위해서는 농업협동조합이 해마다 관내 각 농가가 생산하는 농산물의 양을 조절해주면 됩니다. 시골마을에는 단위농협이 있으므로 농가의 작물 재배 면적을 금방 알 수 있습니다. 더구나 농지를 소유하고 있는 농가는 농지원부에 작물 재배 면적이 기재돼 있으므로 실제 경작 가능 여부만 확인하면 될 일입니다. 조사와 기존 자료를 토대로 수요를 예측해서 농가에 많이 생산되는 작물은 억제하고, 필요한 작물의 생산은 독려해 생산량을 조절해야 합니다. 판매는 농협에서 각 농가를 순회하여 농산물을 수거한 뒤 공판장에서 판매한 뒤 농가에 수익의 대가를 지불하는 방식이 돼야 합니다. 저는 이것이 농협이 해야 하는 기본적인 임무라고 생각합니다. 그러나 현재 농협은 생산량 조절에 거의 손을 대지 않습니다.

두 번째 문제는 각 농가에 있는 갖가지 농기계에 관한 것입니다. 경운기, 관리기, 트랙터, 이앙기, 건조기, 탈곡기 등 농가에서는 많은 농기계를 사용합니다. 이 중에는 1년에 단 며칠만 사용하는 것이 많습니다. 영세 농민은 1년에 몇 번 사용하고 말 고가의 장비를 구매하기 위해 농협에서 대출을 받습니다. 사용이 끝난 장비는 1년 내내 천막으로 덮어놓거나 창고에 방치합니다. 이런 농기구를 농협에 비치해서 언제든 빌려 쓸 수 있도록 하고, 전담 요원을 배치해서 정비도 하면 쓸 데 없는 낭비를 막을 수 있습니다. 군에서 운영하는 농기구 임대소가 있지만 영세 농민은 거의 사용하지 못합니다. 트랙터나 콤바인, 이앙기 등 덩치가 큰 장비는 직접 가서 싣고 와야 하므로 화물차와 상하차 장비를 갖춰야 하기 때문입니다. 영세 농업인이 장비를 요청하면 농협이나 임대 사업소에서 직접 농가까지 가져다주고 회수해오는 시스템을 만들어야 합니다.

지금의 농협을 보면, 금융 분야 외엔 주로 농자재든 생활용품이든 판매와 관련된 일에만 열을 올립니다. 마트와 주유소도 운영하고 있습니다. 말하자면 수익성 사업이 농협의 주된 분야입니다. 이제 방향을 바꿔, 농협은 농민의 이익을 위해 힘써야 합니다. 농민이 생산한 것을 중간 도매상을 거치는 대신 도시 소비자와 직거래할 수 있는 시스템을 마련하는 것이 농협에게 바라는 역할 중 하나라고 할 수 있습니다. 물론 일부 농산물에 대해 그런 시스템을 적용하고 있기는 하지만 한참 멀었다고 생각합니다.

수년 전 김대중 대통령이 후보 시절 농협을 개혁하겠다고 공약했습니다. 농협이 설립 취지에 맞게 변화돼야 한다고 역설하면서 말입니다. 그렇지만 그 공약은 지켜지지 않았습니다. 아예 의제에 떠오른 적도 없는 걸로 기억합니다. 이후 역대 어느 정치 지도자도 농협 개혁을 입에 올린 적이 없습니다. 제 생각엔 약자에 대한 관심과 배려의 부족이 원인이 아닐까 여겨집니다. 농업인은 언제나 약자였으니까요.

누군가와 이런 화제로 이야기한 적이 있습니다. 대화를 나누다가 농협이 제 정체성에 맞는 역할을 하게 된다면 인력 부족을 가장 먼저 호소할 것이라는 의견을 들었습니다. 제 생각에 인력 부족에 관한 이슈는 지극히 간단하게 해결할 수 있습니다. 바로 농협의 금융 사업 부분을 폐지하는 것입니다. 농협의 적금, 예금, 대출 등의 업무를 일반 은행으로, 또는 제2금융권으로 이관하고 현재 농협에서 금융 사업 부분에 종사하는 인력을 활용하면 문제는 충분히 해결됩니다. 농민은 농협에 농지를 저당 잡아 대출을 받습니다. 대출 받은 돈으로 농기계를 구입하고, 새로운 작물 재배를 위해 농자재를 구입하기도 합니다. 또 자식의 학자금으로 사용하기도 합니다. 이렇게 대출을 받았다가 대출금을 갚지 못해 농지가 농협으로 넘어갔다는 이야기를 여러 번 들었습니다. 농협은 농민의 출자금으로 설립한 협동조합입니다. 그러니 농협은 농민을 돕고, 그들의 삶에 녹아들어 친환경 농법을 연구하고, 관행 농업 탈피를 위해 농민과 함께 분투하는 조직이 돼야 합니다.

농협중앙회 회장의 연봉이 수억 원대이고 임원들 역시 고액 연봉자입니다. 선거 때가 되면 난리가 나고, 선거에 목숨 거는 행태가 벌어집니다. 우리 지역에서도 선거철이 되면 농협조합장으로부터 3일에 한 번은 문자 메시지가 날아듭니다. "건강 조심해라" "수해 조심해라" "산사태 조심해라" "코로나 조심해라" 등. 아주 저의 신상에 대한 염려로 가득합니다. 쏟아지는 메시지가 귀찮을 정도입니다.

저와 친밀한 뉴질랜드 교민이 계십니다. 우리나라에서 의사로 일하다가 뉴질랜드로 이민을 가신 그분은 수년간 유리 온실에서 오이와 피망 등 작물을 키우며 생활했습니다. 어느 해에 저는 그 분의 집이 있는 뉴질랜드 북섬 타우랑가에서 한 달간 같이 생활할 기회가 있었습니다. 그때 들은 뉴질랜드 농업 이야기입니다.

뉴질랜드 정착 초기에 그분은 농업에 관해 아는 게 없어서 막연해 하고 있었습니다. 그러다 다른 교민의 조언을 듣고 농업 컨설턴트에 갔다고 합니다. 타우랑가에는 초보 농업인을 위해 농업 컨설턴트를 해주는 개인 사무실이 많습니다. 컨설턴트 사무실에서는 지인이 지닌 현금, 가족

관계, 구입한 땅, 이력 등을 듣고 키울 작물을 선정해 주고 패킹하우스packing house(식품 가공, 또는 포장 공장) 회사를 연결해 줬습니다. 패킹하우스는 지인이 재배한 작물에 대한 회수, 분류, 경매 진행 등을 회사에서 책임지겠다는 계약서를 작성했습니다. 그 뒤 가까운 소도시에 있는 유리 하우스 회사와 계약해 유리 온실을 완공하자, 패킹하우스에서 오이와 피망 같은 작물 재배에 필요한 농자재를 가져다주었습니다. 재배 기술과 요령, 온습도 조절 장치의 점검과 운영 요령 등 유리 온실에서 하는 농사 전반에 관한 교육도 알려줬습니다. 작물을 수확할 시기에는 패킹하우스에서 상자를 줍니다. 상자에 작물을 적재하면 회사에서 매일 상자를 차로 실어나갔습니다. 정산은 며칠 뒤 통장으로 회사의 경비를 공제한 대금이 입금되는 방식으로 진행됐습니다.

그분은 유리 온실을 짓고 농자재 구입을 하느라 은행에서 뉴질랜드 달러로 24만 불 정도를 대출받았습니다. 그런데 대출 방식이 재미있습니다. 은행에서는 담보물에 대한 대출이 아닌 '미래 농산물 판매 현황'을 보고 대출해줬다고 합니다. 유리 온실이 있고, 패킹하우스와 계약이 돼 있으며, 재배 작물도 정해져 있으니 문제가 없다고 판정해 대출을 해준 것입니다. 이런 대출 방식은 그 사회의 생산, 수확, 운송, 판매, 유통, 결재 등의 시스템이 지극히 안정돼 있어 가능한 방식이겠지요.

이주 초기에 뉴질랜드 공무원 사회를 신뢰하게 된 일화도 들었습니다. 하루는 지인이 유리 온실에 설치되는 기름 보일러 시설의 허가 조건을 문의하러 시청에 들렀습니다. 그런데 함께 왔던 반려견이(뉴질랜드는 관공서에 반려견과 동반 입장할 수 있습니다) 갑자기 마구 짖기 시작했습니다. 그러자 민원실의 공무원이 나와서 개와 눈을 마주치며 진정시키고는 그를 테이블로 안내했습니다. 이후 지인이 시청에 온 이유를 들은 공무원은 담당자가 조금 시간이 걸리니 기다리라고 하면서 차와 작은 케이크를 대접했습니다. 그때부터 그분은 낯선 땅에 대한 두려움과 불안이 사그라지기 시작했다고 합니다. 그분의 경험담에서 느낀 존중과 신뢰는 우리 사회에서는 아직 기대하기 어려운 일이겠지요. 이런 시스템이 정착 가능한 사회가 되려면 우선 예측과 지속이 가능한 사회가 돼야 할 것입니다. 이 두 가지가 아직 우리 농촌 사회에는 없습니다. 우리가 나아가야 할 수준에 비하면 예측도, 지속도 아직은 요원하게만 보입니다. 시골에 20년 동안 살면서 느낀 건 제대로 된 농촌 정책이라는 게 아예 없다는 것입니다. 어느 정부도 농촌 정책다운 정책을 제시한 적이 없었고, 어떤 변화를 시도한 적도 없습니다. 농가 인구가 전체 인구의 4.3퍼센트 정도(2021년 하반기 기준)라 무시당하는 것이라면 참 서글픈 일입니다.

"러시아 연해주나 동남아 지역 농지 등을 30년에서 50년가량 장기 임대해 쌀이나 곡물을 생산하는 방안을 검토하겠다."

식량 무기화에 대비해 농지를 살려야 하고, 농지에 대한 개발을 자제해야 한다는 조언을 듣고 이 나라의 어느 대통령이 내놓은 방안입니다. 식량 문제는 걱정할 거 없다며 식량 위기 문제를 헛소리로 치부한 대통령의 태도를 볼 때 농업에 대한 우리나라의 관심이 현저하게 떨어진다는 사실을 알 수 있습니다. 농업 정책에 관심이 없던 이들이 대통령직을 수행했으니 제대로 된 농업 정책이 있을 리 있겠습니까.

5장

___

그래도 시골

시골에서는
만능 수선공이 최고

2020년, 지독한 여름 소나기가 한 달 넘도록 쏟아졌습니다. 집 옆의 계곡에서는 엄청난 굉음이 울렸습니다. 마치 수백 마리의 사자가 포효하며 달려가는 소리 같았습니다. 더러는 큰 바위가 굴러가 작은 보洑는 금방 메워졌습니다. 비가 많이 내리면 계곡물의 흐름이 바뀌기도 합니다. 다행히 우리집 옆의 계곡은 워낙 깊어 집 근처에 물난리가 날 염려는 없습니다. 그렇지만 굉음 때문에 계곡 쪽 창문을 열기 겁날 정도였습니다.

그렇게 비가 쏟아지던 어느 날, 개수대의 물이 나오지 않았습니다. 정전은 아닌데 세면대도, 욕실도 모두 물이 끊겼습니다. 현관에 있는 분전반을 열어보니 그 중 한 개의 배전반 스위치가 오프 상태로 떨어져 있었습니다. 어느 곳에 누전이 됐거나 합선이 됐었다는 표시입니다. 짐작이 가는 데가 있었습니다. 잠시 비가 그친 틈을 타서 밖으로 나가 모터와 지하수 조절 장치가 있는 박스를 열어 보니 물이 차올라 있었습니다.

우리집은 지하수를 사용합니다. 집을 지을 때 마을 공용 수도(역시 지하수)가 너무 멀어 집 근처 땅을 83미터 아래까지 뚫었습니다. 지하수를 힘센 수중 모터로 끌어올려 2톤 탱크에 보관하고 그 탱크에 연결된 작은 모터가 물을 집 안으로 공급합니다. 단수가 된 경위는 작은 모터와 수중 모터를 조절하는 박스가 물에 잠겨 누전이 됐기 때문입니다. 누전이 되면서 분전반의 스위치가 오프 상태가 된 것이지요.

모터와 조절 박스는 지하 1미터 깊이에 있습니다. 벽은 보온재로 감싸고 뚜껑을 제작해서 덮어 놓은 형태입니다. 19년 동안 한 번도 물이 침투한 적이 없는 곳인데 거의 50일 동안 줄곧 내린 폭우로 땅 속에 물이 전부 빠지지 못한 것입니다. 지하로 스며들지 못한 물이 우물처럼 바닥에서 솟아 오른 것으로 보였습니다. 예상하지 못한 큰 낭패였습니다. 물이 없으면 식사도, 용변도, 몸을 씻을 수도 없습니다. 급히 물통을 챙겨 이웃 마을 지인 집에서 물을 날랐습니다. 화장실 변기용 물은 빗물을 받아 쓰기로 했습니다. 비가 계속돼 수리를 할 수 없으므로 당분간 물을 바깥에서 구해오는 수밖에 없었습니다. 무심코 사용했던 물이 일상에서 얼마나 많이 필요한지 그때 알았습니다. 수도 요금이 없는 물이라고 참 어지간히 헤프게 썼던 걸 그제야 알았습니다.

나흘간 열 번 넘게 물을 길어 와서 쓰다가 비가 잠깐 그친 사이 두레 회원의 도움을 받아 모터와 조절 박스를 철거했습니다. 19년 동안 사용했으니 이번에 새것으로 바꿔야겠다고 생각했지만 혹시나 해서 모터 뚜껑 부분과 조절 박스의 뚜껑을 열어두고 하루 종일 선풍기 바람으로 말렸습니다. 하루가 지나자 쓸 만해지긴 했지만 좀 미심쩍기도 해 읍내 전문점으로 가져가 점검을 받은 후 모터와 조절 박스를 다시 설치했습니다.

조절 박스의 배선은 철거하기 전 미리 사진을 찍어 다시 배선할 때 참고했습니다. 재차 침수가 염려돼 모터와 조절 박스 높이를 좀 올려 설치했습니다. 이런저런 보완까지 끝내고 전원 스위치를 올리니 물이 나왔습니다. 거의 5일

만에 수도꼭지에서 쏟아지는 물을 보니 너무 반가웠습니다. 좁은 곳에서 모터와 조절 박스를 설치하느라 구부리고 작업하기를 3시간. 온몸이 아팠지만 기분은 좋았습니다.

시골에서는 이런 이상이 생길 때 전문가의 도움을 받기가 쉽지 않습니다. 어설프게 지어 자연재해에 취약한 단독 주택들이 많아 마을에 비슷한 사고가 한꺼번에 생기기 때문입니다. 그래서 장마철처럼 특정한 시기에 전문 작업자가 엄청 분주해져 연락을 해도 보통 일주일은 기다려야 합니다. 심할 때는 거의 보름이 지나야 작업자가 오는 경우도 있습니다. 벼락이 빈번할 땐 냉장고, 에어컨, TV, 보일러 등 가전제품에 손상이 많이 생깁니다. 한 겨울 추위가 극성을 부릴 땐 보일러가 동파하는 일이 잦고, 장마철엔 간혹 누전이 있습니다. 도시에서는 전문 작업자가 많아서 금방 고칠 수 있지만, 시골에서는 작업자가 오기를 기다리다간 가족의 성화를 견디기 어렵습니다. 그러므로 가능한 직접 해결해야 합니다.

이런 난감한 경우를 가끔 접한지라, 전문 작업자가 방문하는 일이 생기면 저는 작업자 곁에서 작업 과정과 수리 부위를 유심히 살핍니다. 또 중요한 사항은 질문을 하고 기록해 둡니다. 도시의 아파트에선 설비나 전기 등에 문제가 생길 때 관리 사무소에 요청해서 해결합니다. 하지만 시골에 살기 위해선 기본적인 문제는 스스로 해결하는 편이 좋습니다. 맥가이버가 되면 살기가 훨씬 수월하고 가족의 신임을 받을 수 있습니다.

또 한 번은 이런 일이 있었습니다. 도시의 아파트에 살면 절대 일어나지 않는 일입니다. 아내가 설거지를 하다 말고 싱크대 곁에 와보라고 했습니다. 가까이 다가가 귀를 기울여 보니 사각사각 나무 갉아대는 소리가 납니다. 싱크대가 설치된 창문 쪽 벽면에서 나는 소리였습니다. 가만히 듣다가 벽을 툭 치자 소리가 잠잠해지는가 싶더니 이내 계속됩니다. 싱크대 아랫부분을 열고 손전등으로 비춰봤지만 아무것도 없었습니다. 문제는 며칠 후에 벌어졌습니다. 싱크대 온수가 찔끔거리며 잘 나오지 않아 다시 싱크대 아래쪽을 살폈지만 누수도 안 보이고 멀쩡해 보였습니다. 그런데 밖으로 나가 부엌 쪽 벽을 보니 물이 흥건하게 젖어 있었습니다. 수도 모터 전원을 끄고 살펴보니 외벽 외장재 속에서 물이 흘러나오고 있었습니다. 난감했습니다. 물 사용을 멈추고, 집을 지은 업체에 전화해 목재 외장재(목재 사이딩)를 철거하는 요령을 물었습니다. 방법을 알게 된 뒤 철재 노루발을 가져와 4미터 길이의 외장재 다

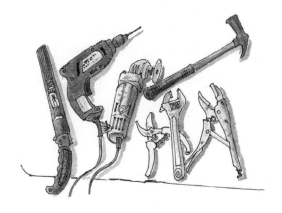

섯 장을 철거하기 시작했습니다. 철거 작업을 얼추 마치자 마침내 물에 흠뻑 젖은 합판과 방습재가 드러났습니다. 원형 전기톱으로 합판을 가로 세로 50센티미터 잘라 떼어 내니 놀라운 일이 벌어졌습니다. 축축하게 젖은 개 사료가 후드득 쏟아졌기 때문입니다. 이윽고 보온을 위해 내벽과 외벽사이에 채워 둔 인슐레이션(보온재)이 드러나며 진상이 밝혀졌습니다. 바닥에 깔아 놓은 방부 목재의 관솔이 떨어져나간 구멍으로 쥐가 침입했던 것입니다. 따뜻한 보온재 사이를 제 집으로 꾸미고, 강산이가 외출한 틈에 사료를 훔쳐 차곡차곡 식량까지 비축해 겨우살이 준비에 들어갔던 모양입니다. 그곳에서 새끼를 낳고 조용히 살았

으면 이 사달이 나지 않을 텐데 하필 이 녀석이 싱크대 온수가 공급되는 엑셀 파이프를 물어뜯어 구멍을 낸 덕분에 사고가 난 것 같았습니다. 온수가 터지는 바람에 식량이 잔뜩 확보된 집에 물난리가 나자 쥐는 어쩔 수 없이 집을 팽개치고 줄행랑을 친 상태였습니다.

사태를 파악한 후, 저는 구멍 난 엑셀 파이프를 잘라내고 부품을 사서 잘라낸 부분을 다시 이었습니다. 그다음 접합한 부분을 일주일 정도 건조시켜 외장재를 원위치해서 마무리했습니다. 물론 문제의 관솔 구멍도 시멘트로 막았고요. 목공일과 설비공 일을 동시에 한 셈입니다.

가끔은 다른 사람과 함께 작업을 하기도 합니다. 바람이 몹시 세찬 봄날, 밭일을 하다 무심코 지붕 쪽을 보니 2층 다락 쪽 지붕 끝이 이상했습니다. 사다리를 놓고 올라가보니 목재로 된 지붕의 끝단이 썩어 내려앉아 있었습니다. 자세히 살펴보니 2층 다락 지붕 일부에 빗물이 스며든 흔적이 있었습니다. 오랜 시간 반복해서 스며든 빗물이 목재를 부식시켰던 것입니다. 길이 4미터 가량 되는 지붕 끝단의 폭이 20센티미터 가량 썩어 있었습니다. 주택은 지붕에 문제가 생기면 여간 곤혹스러운 게 아닙니다. 벽 같은

곳은 문제가 생겨도 문제인 부분만 보수하면 되지만 지붕
은 잘못 건드리거나 어설프게 보수해 다시 문제가 재발되
면 지붕 한 면 전체를 뜯어내어 보수해야 하기 때문입니다.

혼자서는 수리가 어려울 것 같아 전문 목수를 수소문
했습니다. 그런데 지붕을 보러 찾아온 목수가 저로서는
전혀 납득할 수 없는 수선비를 제시하며, 일이 밀려 앞으
로 한 달 뒤에나 착수할 수 있다고 이야기했습니다. 지붕
은 수리가 까다로워 고치는 데 시간이 많이 소요되고 목
수 외에 잡역부도 있어야 하므로 수선비도 많이 책정됩니
다. 하지만 그 점을 감안해도 그가 제시하는 수선비가 터
무니없는 데다 그의 거친 언사나 살펴보는 품이 도무지 미
덥지 않았습니다. 고민을 하던 저는 일단 그를 돌려보내고
두레 모임과 의논하기로 했습니다. 두레 모임 회원 중에
꼼꼼하고 일처리 솜씨가 좋은 이가 몇 있었기 때문입니다.
의논 끝에 재료를 구입해서 우리끼리 해결해 보자는 결정
이 났습니다. 목수 일을 전문적으로 하는 이는 없었지만
믿고 일을 맡길 수 있는 사람들이었기에 즉시 재료를 구입
해 작업에 착수했습니다.

우리는 2층 지붕의 썩은 부분을 뜯어 1미터 가량을 철
거한 다음 지붕을 수리하기로 계획했습니다. 두 사람은 지

붕 위에서 작업하고, 둘은 아래에서 재료를 재단해서 올려주는 일을 맡았습니다. 네 명 중 셋은 회사원이었고, 한 명은 교사 출신으로 다들 이전에는 이런 작업을 해본 적 없던 사람들이었습니다. 하지만 시골에 정착하면서 자연스레 익힌 솜씨가 전문 작업자 못지않아 일을 하는 내내 손발이 척척 맞았습니다. 밑판 작업을 끝내고 아스팔트 셍글의 무늬를 하나씩 맞추며 일을 마무리 할 때의 희열은 대단했습니다. 힘든 작업이 끝나간다는 사실보다는 호흡이 맞는 사람들이 모여 작업을 막힘없이 진행하는 과정 자체가 행복했습니다. 작업을 끝내고 식탁 앞에서 마신 맥주 한 잔은 그야말로 감로수였습니다.

저를 포함한 네 사람이 하루 종일 작업해 완벽하게 수리를 끝낸 지붕은 10년이 지난 지금도 아무 문제가 없습니다. 경비는 재료비만 든 탓에 전문 목수가 제시한 금액의 10분의 1도 들지 않았습니다. 시골생활을 하며 두레 모임 사람들과 이런저런 공동 작업을 해왔지만 그날 지붕 작업의 행복한 추억은 지금도 마음을 설레게 합니다. 따스한 봄날 서로 의지하며 정겨운 이들끼리 하는 작업, 이보다 행복한 일이 있을까요? 손발이 잘 맞듯 살아가는 뜻도 잘 맞는 이들입니다.

생활에 필요한 기술 익혀두기

미용 기술을 익혀두면 정말 좋습니다. 금슬도 좋아지고 봉사 활동도 할 수 있습니다. 간단한 파마 기술이 있으면 마을 할머니들의 사랑을 듬뿍 받을 수 있습니다. 홈패션으로 불리는 옷 만들기 기술도 배워두면 좋습니다. 긴 겨울, 취미 생활을 통해 의미 있는 여가를 보낼 수 있습니다.

귀촌자 중에는 목공예를 즐기는 분도 있습니다. 하지만 제대로 장비를 갖추려면 상당한 비용이 듭니다. 어떤 분은 장비 욕심이 있어 중형차 한 대 값 정도가 들었다고 합니다. 목공예를 배운다면 취미 생활은 물론, 봉사 활동도 할 수 있습니다. 혼자 사시는 할머니의 작은 의자도 만들어 드릴 수도 있고, 수선이 필요한 문짝도 손볼 수 있겠지요.

전문적인 기술까지는 아니라도 전기 기술을 배워 두면 정말 유용하리라고 생각합니다. 독거노인이 많은지라 그들이 도무지 엄두를 내지 못하는 전기 콘센트 설치, 수리가 필요한 전등, 가정용 분전반 스위치 수리 등 가벼운 고장을 손봐주는 마을의 '필요한 손'이 되기 좋습니다.

저는 이주를 결심하고 대략적인 계획을 짤 때 집의 별채에 작은 도서관을 만들면 어떨까 생각했었습니다. 지인들에게 책을 기증 받고, 제 것을 합치면 도서의 확보는 별 어렵지 않겠다고 여겼지요. 하지만 이주하고 보니 여건이 영 좋지 않아 포기했습니다. 저의 경우와 달리 여건이 된다면 도서관 만들기는 좋은 기획이라고 생각합니다. 아이들의 공부방이나 책방, 혹은 동네 사람들의 사랑방으로 사용할 수도 있습니다. 문맹 노인의 한글 공부방으로 이용되면 더할 나위 없겠습니다.

시골의
몸 관리

시골살이를 시작하기 전 제 나이는 우리 나이로 쉰하나였습니다. 별다른 병증은 없었지만 그리 강건한 신체는 아니었고, 자주 몸살을 앓는 약체였습니다. 시골생활을 시작하고 4년 정도가 지나자 관절과 근육에 관련된 병증들이 서서히 나타났습니다. 도시에서는 쓰지 않던 근육을 쓰니 단련되지 못한 부실한 부분들이 비명을 질러댔지요. 조급하고 다소 즉흥적인 제 성격 덕분에 일거리를 놓고 쉬는 법 없이 덤벼댔으니 당연한 결과였습니다. 다시 시작한다면 그런 무리는 절대 하지 않을 것입니다.

시골의 일거리는 끊임이 없으므로 하루의 노동 시간을

정해 두는 것이 좋습니다. 개인마다 성격과 체력조건이 다르므로 일률적으로 정하기는 어렵지만, 도시에 살 때 활동량이 적은 편이었다면 무리가 되지 않을 노동 시간을 정하는 게 자신을 위해 좋습니다. 그날의 일거리를 살펴보고 하루 노동 시간을 지키는 게 중요합니다. 저는 초창기에 의욕만 넘쳐 마구 일거리에 덤벼들었습니다. '단번에 끝낼' 심산으로 일을 했으니 몸이 힘들 수밖에요. 그런 자세를 계속 고수한다면 몸을 망치기 십상입니다. 시골의 일거리는 끊임이 없으니까요. 내일도 있고, 모레도 있으니 오늘 스스로 정한 할당량을 마쳤다면 손에 든 괭이를 던지고, 호미를 던지고 과감히 끝내야 합니다.

　나름 조경을 한답시고 골짜기에 널린 돌들을 주워 뒤뜰을 포장하고 담벼락을 쌓은 적이 있습니다. 큰 돌을 들었다 놓기를 반복하는 노동을 보름 정도 했습니다. 결국 팔이 빠지고 손목이 시큰거려 더 이상 일을 할 수 없는 지경에 됐습니다. 그 일로 체중이 7킬로그램 정도 빠져, 바지가 허리에 맞지 않게 되어 줄이거나 새로 구입해야 했습니다.

　이렇듯 시골에 적응하는 시기에는 근골격계 질환에 걸리는 사람들이 많습니다. 자신의 체력을 감안하지 않고 무리하게 몸을 움직여 곤란한 상황이 더러 생깁니다. 어깨 근육통이나 팔목 관절의 손상, 손목과 손가락의 관절통, 허리 근육통 등이 흔히 발생하는 질병입니다. 이런 병증의 예방을 위한 사전 운동법과 증상이 발병했을 때 이를 해소하거나 완화 시키는 방법을 배워두는 것이 좋습니다. 저의 경우, 두레 회원에게 이러한 병증을 예방할 수 있는 운동법과 완화 방법을 배워서 아주 유용하게 쓰고 있습니다. 근골격계 질환은 병원에 가도 잘 낫지 않고 환자를 오랫동안 괴롭히므로 적절한 운동과 건강 관리가 꼭 필요합니다.

도시에서 방문한 지인이나 친구 들이 저에게 자주 하는 말이 있습니다. "이런 산 좋고 물 좋고, 공기 좋은 곳에 사니 건강하게 살 수 있어서 얼마나 좋냐" 이 말이 온전히 맞는 말은 아닙니다. 산이 좋고 물이 좋은 것은 사실입니다. 도시 인근의 산에 비해 식생의 종류도 다양하고 사는 짐승도 다양합니다. 물 역시 맑고 좋습니다. 그렇지만 시골에서 식수로 사용하는 물은 대개 지하수나 마을 공용 수도 시설의 물입니다. 지하수는 끌어올리는 지역마다 수질이 천차만별입니다. 농약을 과다하게 사용하는 곳이나 축산을 많이 하는 지역이라면 수질이 나쁠 수 있습니다.

TV에서 구제역이나 조류 독감 등으로 동물이 매몰되는 광경을 가끔 봅니다. 깊은 구덩이에서 매몰 처리되는 동물들을 보고 나면 지하수가 미심쩍습니다. 다행히 인근에서는 아직 그런 일이 벌어지지 않았습니다.

시골의 지하수는 정기적으로 수질 검사를 받는 것이 좋습니다. 농업용수로 사용하는 지하수와 식수로 사용하는 물의 수질 검사는 별도로 합니다. 당연히 식수 수질 검사가 검사 항목도 많고 검사료도 많이 듭니다. 시골, 특히 산골은 가구가 띄엄띄엄 있어서 상수도 시설이 모든 가구에 공급되기 어렵습니다. 정부와 지자체는 상수도 시설이 설비돼 있지 않은 가구에 대해서 식수 수질 검사를 지원해야 합니다. 비싼 검사료가 부담돼 수년째 검사를 받지 않고 식수로 사용하기도 하고, 무심코 지나치는 경우도 있기 때문입니다.

마을 공용 수도 시설도 완벽하지 않습니다. 소규모 산골 동네는 지자체에서 공용 집수 탱크를 설치하고 염소 투입시설을 갖춰 파이프를 통해 각 가구에 물을 공급합니다. 그런데 공용 집수 탱크에 집수되는 물 역시 계곡수나 지하수입니다. 지자체에서 정기적으로 수질 검사를 하니 수질 문제는 없습니다.

결론적으로 말하자면 시골에서 마시는 물이 그 '물 좋은' 계곡물이 아니라는 것입니다. 계곡물을 아예 식수로 사용하는 이도 있기는 합니다. 시골의 물은 각자 주관적인 상황과 판단에 따라 사용하고 있는 형편이기 때문입니다. 도시의 물 관리도 중요하지만 시골의 물 관리도 국가에서 들여다볼 사안입니다. 최근 이웃 마을에 읍내의 상수도 시설에서 물을 끌어와 공급하는 공사를 했습니다. 산골의 작은 마을에도 상수도를 공급하기 시작한 것입니다. 그러니 이젠 '물 좋고'라는 말은 적어도 식수에서는 해당되지 않는 말입니다.

공기는 어떨까요? 물론 도시에 비할 바는 아닙니다. 그렇지만 아시다시피 황사나 미세 먼지로 인한 피해는 시골도 예외가 될 수 없습니다. 그나마 우리집 주변은 숲이 울창하고 풀숲이 지천이라 아무래도 나무와 풀이 없는 곳보다는 많이 걸러지지 않을까 여기긴 합니다.

문제는 농약입니다. 시골엔 밤나무나 사과, 배, 복숭아 등 유실수 재배 농가가 많습니다. 대개 유실수엔 농약(살충제)을 사용합니다. 농약을 사용하지 않으면 과실의 수확량이 형편없고 모양이 예쁘지 않습니다. 외국의 과일 상점에서 봤던 작고 제멋대로 생긴 과일을 우리나라에서는 상

품성이 떨어진다는 이유로 싫어합니다. 모양이 못생겼다고 해서 특별히 맛이 떨어지는 것이 아니지만 소비 시장에서 외면당하는 탓에 농가에서는 농약을 사용할 수밖에 없습니다.

집 주변 산지에는 밤나무가 많습니다. 밤나무는 수종이 크고, 잎이 많아 농약을 헬리콥터에서 뿌리기도 하고, 물에 희석하거나 가루로 된 제품을 개별적으로 살포하기도 합니다. 헬기에서 살충제를 뿌리는 작업은 지역의 율림회栗林會에서 면적당 약제비를 거출하고 산림청에 협조 요청을 하여 이뤄진다고 합니다. 밤꽃이 지고 열매를 맺기 전, 주로 여름철에 헬기가 밤나무 단지를 선회하며 약제를 뿌립니다. 비가 오고 난 후에도 병충해를 염려해 뿌리니 대체로 1년에 서너 차례가 됩니다. 이 약제는 공중에서 뿌리는 것이라 마을과, 우리집처럼 밤나무 숲과 가까운 주택 인근에도 불가피하게 뿌려집니다. 이런 작업을 할 때는 창문을 모두 닫고 밖에 나가지 않습니다. 밤나무에 뿌리는 살충제는 냄새가 지독합니다. 당연히 몸에 좋을 리 없습니다. 산림청에 항의해 보기도 했지만 날아온 돌이 박힌 돌 뺀다는 논리에 의해 핀잔만 받기 일쑤입니다.

사실 더 골치 아픈 것은 항공 방제가 아닌 농가에서 개

별로 가루 약제를 뿌리는 것입니다. 살충제를 가루로 분사해서 나무 꼭대기까지 이르게 하는 작업인데 냄새가 워낙 역해 입을 벌리면 입속이 따갑게 느껴질 정도입니다. 이런 독한 약제를 아무런 보호 장구도 착용하지 않고 작업하는 광경을 보면 참으로 심란합니다.

언젠가 신문에서 우리나라의 지역별 암 발생률을 지도 위에 표기해 놓은 자료를 본 적이 있습니다. 인구 분포대 암 발생률도 정리돼 있었는데 자료를 살펴보고 좀 놀랐습니다. 당연히 대도시의 암 발생률이 높을 거라는 생각과 달리 의외로 서울이 인구 대비 가장 낮고 지방이 훨씬 높았습니다. 물론, 정기적인 검진의 부족과 의료 서비스의 질도 한몫을 하겠지만, 농촌 지역의 암 발생률이 대도시보다 높다는 것은 농약, 즉 살충제와 제초제 등의 무분별한 사용과, 소위 농촌 사람들이 말하는 영양제(고추 등 작물에 뿌리는 성장 촉진제) 등의 약품 사용과 결코 무관하지 않다고 여겨집니다.

농사일을 하던 초창기에 시험 삼아 제초제를 사용해본 적이 있습니다. 병에 표기된 용량대로 물에 희석한 제초제를 잡초가 잔뜩 자란 곳에 뿌렸습니다. 다음날 살펴보니 아무런 변화가 없었습니다. 사흘이 지나도 별로 변화가 없어 제초제 용량을 맞게 섞은 것인지 살펴보기도 했습니다. 제대로 된 비율로 희석한 것이 맞아 어리둥절한 상태로 시간이 흘렀습니다. 일주일쯤 지나자 풀들이 노랗게 변하기 시작했습니다. 그런데 인근에 사시는 할머니께서 제초제를 뿌리자 뿌린 다음날 풀이 노랗게 변했습니다. 할머니께 물었더니 제가 뿌린 비율보다 열 배 정도 초과한 용량의 살충제를 물과 희석해서 사용했다는 것입니다. 대개의 농가가 농약이나 살충제 용기에 표기된 권장 용량을 초과해서 사용하고 있습니다. 살충제와 제초제가 과용되고 있는 것입니다. 아시다시피 이런 화학 성분은 비가 내리면 땅에 스며들어 지하수를 오염시킵니다.

농촌 곳곳에 뒹구는 농약병을 보노라면 심란합니다. 농촌의 농약 사용에 대한 규제와 총량제를 하루 속히 시행하고 감독해야 하는 일이 절실합니다.

덧붙임

마실 물과 농업용수

시골에서는 마실 물을 확보하기 곤란한 경우가 간혹 있습니다. 마을이라면 걱정할 필요가 없지만 마을에서 떨어진 외딴집은 마을 공용 수도를 연장해서 끌어오거나 지하수를 개발해 이용해야 합니다. 최근에는(물론 고장마다 차이는 있지만) 마을 공용 수도관이 매설된 곳에 상수도를 연결하여 읍이나 군의 수돗물을 공급하는 공사를 마친 곳이 늘고 있습니다. 그러나 마을과 멀리 떨어져 있는 집에는 상수도관을 매설해 주지 않습니다. 공사 여건이 좋지 않고 공사비가 많이 소요되기 때문입니다. 이런 곳은 지하수 개발 장비로 지하에 구멍을 뚫어 고가의 지하 수중 모터를 설치해서 지하수를 끌어올립니다. 지하수를 사용하려는 경우, 지하 수중 모터, 연결 전원선, 가정용 가압 모터, 저장용 물탱크, 지하수 컨트롤 박스 등을 설치해야 하므로 자재비와 인건비가 많이 듭니다. 지하수 이용에 따른 이용료는 없지만 시설 유지비가 나갑니다. 지하수는 마실 물 가능 여부를 판별하기 위해 먹는 물 수질 검사도 해야 합니다. 지하수 개발비는 자재비와 인건비를 합쳐 대략 600~800만 원가량의 금액이 필요하고 최근 자꾸 오르는 추세입니다. 먹는 물 수질 검사비도 30~50만 원가량 듭니다. 농업용수 검사 비용은 먹는 물 검사비의 절반 정도 가격입니다. 수질 측정 항목 수의 차이 때문입니다.

마을의 공용 수도 시설에 연결해서 식수를 사용할 때는 마을에서 마을의 식수 사용 대상을 임의로 적용하거나 마을 기금을 요구하는 경우가 많습니다. 물론 적법한 행위는 아니지만 마을의 관례라고 할 수 있습니다. 마을 구성원의 인심에 따라 금액이 좌우되므로 이주한 이와 마을 사람들 간 분쟁의 원인이 되기도 합니다.

지하수를 개발하면 이런 분쟁의 소지는 없습니다. 하지만 인근에 지하수를 이용하는 대형 비닐하우스 등이 있을 경우 분쟁이 일어날 소지가 있습니다.

집을 짓는 단계에서 미리 이장이나 부녀회장, 새마을 지도자, 마을 원로 등 지역에서 영향력이 있는 토박이와 접촉해 이주 계획을 의논해 두는 것이 좋습니다. 원칙과 법만을 따지다 이주 초기부터 마을 사람들과 척을 지는 경우도 있습니다.

병원, 문화생활
그리고 외로움

시골에서 나들이의 종류는 꽤 다양합니다. 두레 모임 사람들과의 영화 관람, 지인과의 외식, 이웃 도시에서의 공연 관람, 장날 장보기, 그리고 군의 문화예술회관에서 열리는 공연, 복지회관에서 열리는 수강 프로그램 참여 등이 있습니다. 도시에 사는 지인이 방문하면 시골살이를 하면서 힘든 점을 자주 묻습니다. 예를 들어 병원을 가야할 때 어떻게 하는지나, 문화생활에 부족함은 없는지, 필요한 물품 구입을 할 때 불편한 점이 있는지와 같은 질문을 가장 많이 듣습니다.

먼저 병원의 경우, 가벼운 병증이라면 20분 거리에 있는 읍내 병원에서 치료받을 수 있습니다. 시골에 있는 병원의 장점은 도시의 병원보다 대기 시간이 훨씬 짧다는 것입니다. 거동이 불편하거나, 병이 중증일 경우는 확실히 도시보다 어려움이 있습니다. 저의 경우에 가까운 종합 병원은 1시간 20분, 의료원은 40분 정도 운전해서 가야합니다. 아마 수도권을 제외한 지방의 도시나 여기 시골이나 거리의 차이가 별로 없다고 생각합니다.

결론적으로 말하자면, 종합 병원을 가야 하는 경우를 제외하고는 병원은 중소 도시와 크게 차이가 없습니다. 저는 크게 다치거나, 심각한 증세가 아니라면 두레 모임 회원 중 '몸살림' 운동의 사부로 활동하는 이가 있어서 많이 의지하고 도움을 받고 있습니다. 몸살림 운동은 여러 질환의 예방과 치료에 도움을 주지만 특히 근골격계 질환의 예방에 효과가 좋았습니다. 의료 체계에 대한 개개인의 선호도나 신뢰도는 각자 가지고 있는 선입견이나 지식, 또는 경험이 함께 작용하므로 스스로 판단해서 선택할 일입니다.

문화생활의 경우, 결론부터 말하자면 도시보다 시골에서 훨씬 다양하고 많은 것을 누릴 수 있습니다. 문화생활은 도시만큼이나 다양하고 양질의 콘텐츠를 접할 수 있고 무엇보다 접근성이 아주 좋기 때문입니다. 대도시에 살 땐 문화생활이라고 해야 영화를 보거나 어쩌다 일 년에 한 번쯤 공연 관람이나, 미술관 관람을 한 것이 전부였습니다. 직장을 다닐 때라 시간에 제약을 받기도 했지만 관람료가 비싸거나 표를 구하기 힘들었던 것도 도시에서 문화생활을 즐기지 못했던 이유 중 하나입니다. 이곳에서는 쉽게 접근할 수 있는 각종 공연이 넘쳐납니다. 중앙 정부 문화부처의 지원을 받는 것도 있고, 자체 지원도 있어 웬만한 공연은 아주 저렴하거나 무료입니다. 도시라면 적어도 7만~8만 원 정도 지불해야 하는 공연도 5천~만 원 정도면 볼 수 있습니다. 더구나 교통 혼잡이 전혀 없고, 관람인원도 그리 많지 않아 쾌적한 기분으로 넉넉한 시간을 즐길 수 있습니다. 대도시에서 공연하던 팀이 지방 공연을 하기 위해 자주 내려오기도 해서 수준급의 공연을 손쉽게 접할 수 있습니다. 도시처럼 공연이 많지는 않지만 예약, 교통, 시간의 제약에서 비교적 자유롭기 때문에 콘텐츠에 손쉽게 접근할 수 있습니다. 그래서 문화생활에 대한 갈증은 별로 없는 편입니다.

필요한 물품 구입은 별로 언급할 이야기가 없습니다. 도시인이 시골에 사는 이에게 갖는 쓸데없는 걱정입니다. 인터넷 상거래는 이미 도시와 시골을 구분하지 않습니다.

클릭 한 번이면 원하는 물품이 이틀 안으로 집 앞에 도착합니다. 웬만한 생활용품은 읍내 마트에 거의 있습니다. 물론 고가의 사치품을 파는 곳은 없습니다. 어차피 그런 물건은 시골생활을 결심한 이에겐 아무짝에도 소용없는 물건입니다.

문제는 다른 데 있습니다. 불현듯 찾아오는 외로움과 고립감입니다. 이주하고 5~6년간은 즐거운 노동과 간간이 찾아오는 지인들로 고립감이나 외로움을 느낄 시간이 없었습니다. "내일 뭘 하지?" 하고 구상하는 것이 재미있고, 직접 몸으로 노동하는 것이 신선하고 행복했습니다. 주말이면 간혹 찾아오는 옛 직장 동료와 친구가 반가웠습니다.

몇 년이 지나자 가끔 도시에서 찾아온 이들에게서 이질감을 느끼기 시작했습니다. 저의 관심사는 온통 주변 가꾸기와 한창 재미 들린 농사에 쏠려 있는데, 도시인은 그들이 몸담은 직장, 부동산, 주식, 골프, 정치 이야기가 주된 관심사였습니다. 제가 새로운 생활에 적응 중이었고 그 생활이 삶의 전부가 돼 있듯, 그들도 저와 전혀 다른 삶을 살고 있었기 때문입니다. 살아가는 환경이 판이한 만큼 저는 이미 떠난 곳의 이야기에 흥미가 없었습니다. 그 생활이 싫고 지겨워 떠나왔으니 예전 생활을 떠올리게 하는 화제에 시큰둥할 수밖에요. 모처럼 산골로 나들이를 온 지인들이 자기네들 중심의 대화를 이어가는 동안 저는 그 시간을 마냥 즐길 수만은 없었습니다. 오랜 지인이어도 사는 세상이 다르면 그렇게 되나 봅니다.

시간이 흐르자 자주 찾아오던 친구와 지인도 어느 정도 줄었습니다. 새로운 터전을 잡은 친구의 생활이 궁금해서 보러 오는 이도 있지만, 시골생활에 대한 호기심에 친구를 따라온 사람도 많았었기 때문입니다.

주변 환경도 어느 정도 정리되고, 작지만 농사일도 터가 잡히고 안정되자 외로움이라는 그림자가 슬쩍슬쩍 스멀거리며 찾아왔습니다. 집배원이나 택배 배달원 외에는 오가는 사람이 없고 이웃과는 몇백 미터 떨어진 외딴집. 외로움은 단순히 환경에서만 기인하는 것은 아니었습니다. 제가 느끼는 외로움의 실체는 50년 동안 살아온 도시의 잔상이 제 몸과 머릿속에 남아 있기 때문이었습니다. 지금은 그 외로움이라는 것이 의식의 새삼스런 발현이라기보다는 무의식 속에 내재된 제 몸과 영혼의 부적응 같은 것이 아니었나 하고 생각합니다. 눈만 뜨면 보이던 것들이 보이지 않고, 밤이면 풀벌레 소리 외엔 완벽히 적막한 산골의 밤이 고립감을 가져왔습니다. 아이러니한 점은 그토록 염원하던 완벽한 고요함이 고립감으로 변해 있었다는 것입니다. 이 곤혹스러운 외로움과 고립감은 한동안 계속됐습니다. 그래서 떠나온 도시를 괜히 들락거리기도 해봤지만 별 소용이 없었습니다. 허전함이 생채기처럼 한 구석에 남아 있었습니다.

막상 도시에 가도 잠을 이룰 수가 없었습니다. 도시에 사는 인척이나 지인의 집에서 잠을 청하면 귓가를 맴도는 자동차와 오토바이 소리, 작은 음악 소리나 사람들의 음성 같은 도시의 소음이 귀를 파고들었습니다. 어느 땐 정말 한잠도 이루지 못한 날도 있었습니다. 시골은 이런 소음이 전혀 없기 때문입니다. "내가 예전에 이런 곳에서 어떻게 잠을 자며 생활했지?" 도시에 가게 되면 머릿속이 혼란스러워 빨리 벗어나고 싶었습니다. 시골생활이 외로워 도시로 와도 다시 서둘러 시골로 돌아가는 상태가 3년 가까이 계속되자 시골에 있기도, 도시에 있기도 애매하고 그 상황이 곤혹스러워 난감했습니다. 그러나 아내는 저와 달랐습니다. 별 동요도 없고, 가끔 짜증을 부리는 저에게 따끔하게 충고하기도 했습니다.

"당신이 원해서 왔으면서 그런 방황은 곤란해!"

다행히 방황의 시간이 계속되진 않았습니다. 혼란은 조용히 물러났습니다. 몸과 마음이 정착에 적응한 것입니다. 외로움과 고립감은 소소한 일상의 즐거움으로 점차 상쇄돼 갔습니다. 숲과 짐승들, 작은 곤충들, 도시에서는 볼 수 없는 은하수, 맑은 날 하늘에 반짝이는 수많은 별들, 겨울의 눈세계……. 주변의 풍경은 외로움과 고립감을 떨쳐내게 만드는 일등공신입니다. 어차피 도시의 소음과 혼란은 우리의 것이 아니었습니다. 천천히 환경에 적응하도록 산골 주변을 보고 듣고 느낄 수 있는 감촉이 다양하게 만들어졌습니다. 사람마다 그런 변화의 속도와 흐름의 차이는 있겠지만요. 시골에 정착하면서 소소한 일상을 즐기고 싶다면 자연의 자그마한 소리에 귀를 기울이고, 미세하게 변화하는 주변의 공기를 음미하며, 촉촉한 흙과 여린 잎의 감촉을 애무하는 본능의 촉을 곤두세워야 합니다. 그런 본능의 촉을 세우는 일은 그다지 어렵지 않습니다. 조용히 눈을 감고 있으면 됩니다.

겨울 여행

이곳은 해발 480미터 정도의 고지대라 겨울이 12월 중순
부터 시작돼 다음해 4월까지 계속됩니다. 대개는 영하 10
도에서 15도 사이가 이어지지만 1월말이나 2월 초순에는
영하 20도까지 떨어지기도 합니다. 참으로 긴 겨울입니다.
우리는 부산에서 살았기 때문에 겨울의 눈이나 매서운
추위를 겪어본 적이 별로 없었습니다. 그래서 귀촌 초창기
엔 이곳에서 겨울 나기가 몹시 힘들었습니다. 겨울을 날
방안을 세우던 우리는 겨울이나 봄의 초입에 남의 나라로
여행을 떠나기로 했습니다. 추위를 한 달 정도 피하고, 농
사일이 없어 무료한 일상에 변화를 준다는 구실로 말이지

요. 그렇게 매년 겨울마다 남의 나라로 가는 새로운 나들이 코스를 추가했습니다.

우리의 경제적 형편이 풍족하지 않은지라 평소에 소비를 줄이고 아껴서, 또 9년 전부터는 연금을 아끼고 모아서 여행 경비를 마련했습니다. 시골은 아낄 수 있는 것은 아끼는 게 가능한 구조입니다. 도시에 비해 복장에 크게 구애를 받지 않으므로 도시에서 살던 때처럼 매번 옷을 사지 않아도 됩니다. 음식 역시 밭에서 생산되는 것으로 어느 정도 대처가 되며, 원래도 우리의 평소 식생활이 검소했던 편이라 큰돈이 들지 않았습니다. 시골은 밤 문화도 없고 사치하고는 먼 곳이기 때문에 마음만 먹는다면 확실히 생활비가 도시보다 적게 듭니다.

검소함을 지향해 여행에 드는 경비도 지출을 가능한 줄였습니다. 수십 차례 떠난 배낭여행에서 우리가 호텔에 묵은 적은 피치 못한 경우를 제외하고 한 손가락에 꼽을 정도입니다. 주로 여행자 숙소인 백패커스, 호스텔이나 에어비앤비, 캐빈형 숙소, 게스트하우스, 모텔, 캠핑장, YMCA 숙소, 유스호스텔, 민박 등에서 묵었습니다. 택시는 거의 탄 적이 없습니다. 여행 시작 전에 사전 준비를 철저히 하고(시간이 많으므로) 여행지의 대중교통 수단 이용법을 충분히 숙지했습니다. 항공권도 적어도 3개월 전에 예약하고 직항보다는 경유편을 이용해 경비를 절감했습니다. 이런 노력 덕분에 한번 나가면 최소 20일에서 45일에 이르는 꽤 긴 기간을 체류하지만 경비가 많이 드는 편은 아닙니다.

우리의 이런 여행 패턴을 잘 모르는 사람은 우리가 상당히 풍족한 경제 사정을 지닌 것으로 여길 수 있습니다. 뭐, 그것은 짐작일 뿐 우리는 우리 분수를 넘은 적이 없습니다.

겨울에 떠나는 남의 나라 여행은 우리에게 큰 위안입니다. 적어도 출발하기 6개월 전부터 계획을 세웁니다. 첫 도착지의 숙소를 예약하고 그 나라의 정보를 찾고 여행을 떠나 돌아오면 겨울은 훌쩍 지나가 있습니다. 지인 중 환경 보존 의식이 확고해 생태적 삶의 원칙에 위배되는 것을 철저히 피하려는 소중한 분이 있습니다. 그는 비행기 이용으로 화석 연료를 대량 소비해 환경 보전에 역행하는 우리의 잦은 여행을 곱지 않은 시선으로 바라보곤 했습니다. 그렇지만 그도 저의 왕성하고 맹렬한 미지에 대한 호기심과 극성을 억제시키지는 못했습니다.

로마 제국은 그 긴 세월동안 무엇을 이루었는지, 라오스의 사회주의 체제가 어떻게 변했는지, 빈과 프라하는 얼마나 아름다운지, 부다페스트의 야경은 얼마나 고혹적인지, 저는 그런 것들이 항상 궁금하고 보고 싶었습니다. 몸상태가 온전치 못할 때도 여행을 계획하고 떠나면 병증은 사라졌습니다. 지독한 방랑벽을 가지고 있는 셈입니다.

　계획을 짤 때, 한 차례의 여행에 몇 개국을 거치는 여정은 되도록 피했습니다. 한 나라 안에서도 이곳저곳을 기웃거리지 않고, 체류비와 교통비를 절감할 겸 우리가 선별한 3개 이하의 도시에만 진득하게 머물러 그 속을 들여다 보려고 했습니다.

　여행은 저에게 많은 것을 주었습니다. 막연한 호기심이나 로망을 충족시키는 것 외에도 얻는 확실한 한 가지가 있습니다. 그것은 사람 사는 세상은 어디나 비슷하고, 그들의 생각이나 바람, 삶의 아름다움과 행복을 추구하는 방식은 거의 똑같다는 깨달음입니다. 똑같다면 굳이 이런저런 나라를 기웃거릴 필요가 있겠냐고 생각할 수도 있습니다. 하지만 우리와 조금 다른 기질, 미美를 추구하는 방식, 이뤄놓은 창작물, 조금 다른 삶의 방식을 살펴보는 일은 매우 흥미롭습니다. '거의 같은' 방식 속에 '작은 차이'

가 있고, 저는 그 작은 차이가 주는 재미가 즐겁습니다.

여행지에서 우리는 주로 시장이나 뒷골목을 많이 다녔습니다. 그런 곳에 우리가 찾는 작은 다름을 발견할 가능성이 많기 때문입니다. 물론 유명 관광 명소도 들렀습니다. 사실 그런 곳은 대중 매체에서 보여주는 풍광을 확인하는 것에 지나지 않는 경우가 많았습니다.

여행을 다니며 우여곡절도 많았습니다. 여행 초반에 우리를 힘들게 한 것은 현지인과의 소통 문제입니다. 우리는 외국어를 사용하는 일이 무척 힘들었습니다. 하지만 여행 횟수가 거듭되면서 점점 언어가 문제되는 일이 줄어들었습니다. 세계 어디나 몸짓이나 표정이 통하지 않는 곳이 없었기 때문입니다. 여행에 익숙해지자 상대방의 표정을 읽고 알아채는 눈치가 밝아져서 이제는 소통에 크게 어려움을 겪는 상황은 거의 벌어지지 않습니다.

그래도 현지인과 원활한 소통이 가능했다면 여행에서 한결 더 생생한 경험을 했을 것이라는 사실은 여전히 아쉽습니다. 모든 것을 잘 갖춘 호텔과 근사한 식당은 사실 정형화된 언어 몇 마디면 됩니다. 예약과 주문, 계산 외에 별로 할 말이 없으니까요. 하지만 게스트 하우스나 에어비앤비, 현지 민박을 이용하는 경우는 다릅니다. 이런 저런 불편에 대한 개선 요구, 주인 가족이나 투숙객과의 자연스런 접촉 등으로 할 말도, 하고 싶은 말도 많아집니다. 하지만 어쩌겠습니까. 현지인과 정치나 철학, 문학을 논할 생각으로 여행을 간 것은 아니니 아쉬움을 삼킬 수밖에요. 여행에 필요한 최소한의 소통 능력밖에 없지만, 첫 여행지에서 고생했던 일을 떠올리면 우리는 지금 이만큼 발전한 것만으로도 감사하다고 여기고 있습니다.

여행지에서 우리를 불편하게 만들었던 또 다른 하나는 다름 아닌 타국에서 만난 한국 사람입니다. 어느 나라건 우리나라 교민이 살고 있습니다. 우리가 만난 교민은 대개 숙박업이나 관광업, 음식점을 하는 이들이었습니다. 다른 나라에서 만난 고국의 사람이니 처음에는 무척이나 반갑기도 했습니다. 그런데 우리의 첫인상이 살갑지 못한 탓일까요? 일부 교민에게서는 따뜻함보다 삭막함을 느끼는 일이 잦았습니다. 지극히 사무적이고 무심한 이가 많았고, 눈도 마주치지 않거나 심지어 불쾌한 경우도 있었습니다. 주로 모국에서 여행 온 이들을 상대로 영업하면서 왜 그리 무심하고 사무적인 태도를 일관하는지 저로서는 이유를 알 수가 없습니다. 극히 단편적인 부분만을 가지고 타국에 사는 교민을 일반화하기엔 무리가 있다는 건 알고 있습니다. 실제로 여러 나라에서 온화하고 따뜻하게 우리를 맞이해준 한국 사람도 만났으니까요. 그 분들 중에는 한국으로 돌아와서도 아직까지 인연을 맺고 사는 분도 있습니다.

타국에서 만난 한국 사람에 관한 이야기를 하다 보니, 네팔 히말라야 트래킹 때 포카라의 로컬 버스 안에서 만난 잘생긴 청년이 생각납니다. 한 달여의 트래킹을 마치고 포카라에서 며칠 쉴 때입니다. 우리 손에 든, 우리말로 된 가이드북을 보고 30대 후반의 청년이 말을 걸었습니다. 7년 정도 한국에서 노동자로 일하다 돈을 모아 귀국한 네팔 청년이었습니다.

"한국에서 일할 때 주변 사람들 때문에 힘들고 어려웠던 적은 없었어요?"

"좋은 사람도 있고, 그렇지 않은 사람도 있었어요. 어느 나라건 마찬가지 아니겠어요?"

제가 질문하자 그는 곧바로 유창한 한국말로 대답했습니다. 질문의 의도를 단박에 눈치 챈 것입니다. 그의 대답에 저는 조금 멋쩍어졌습니다. 청년의 말이 맞습니다. 어디건 좋은 사람도 있고, 그렇지 못한 사람이 있는 법입니다.

가장 기억에 남는 여행을 꼽으라면 러시아 여행입니다. 무척 의미 있는 여정이었습니다. 저는 청소년기부터 러시아 문학에 흠뻑 빠졌습니다. 가장 탐닉했던 소설은 표도로 도스토옙스키의 《카라마조프의 형제들》과 《죄와 벌》, 그리고 보리스 파스테르나크의 《닥터 지바고》입니다. 어린 시절에는 러시아 문학이야말로 모든 문학 작품의 우위에 있다고 믿을 정도로 도스토옙스키와 파스테르나크의 작품에 빠졌었습니다. 그런 저에게는 오랜 염원이 있었습니다. 바로 흠모한 두 작가의 무덤과 집필실을 찾아가보는 것이었습니다. 그 염원을 풀고자 러시아로 출발했습니다.

출발 전, 키릴 문자 읽기를 공부했습니다. 외우는 것에 소질은 없지만 문자는 읽을 줄 알아야 모스크바와 상트페테르부르크에서 역명을 보고 지하철을 이용할 수 있으니까요. 러시아어를 한마디도 못하는 실력이니 키릴 문자라도 읽을 줄 알아야 그나마 여행을 순조롭게 다녀올 수 있을 것 같아 준비했습니다. 우리는 모스크바와 상트페테르부르크 두 도시만 머물기로 했습니다.

러시아 여행을 준비하면서 가장 먼저 계획한 일정은 파스테르나크가 《닥터 지바고》를 집필한 모스크바 근교의 다차(러시아식 별장)를 방문하는 것이었습니다. 또 하나는 도스토옙스키가 잠들어 있는 상트페테르부르크의 알렉산드르 넵스키 수도원을 찾아가는 것이었습니다. 그곳에서 도스토옙스키가 묻힌 무덤의 흙을 조금 가져오고 싶었습니다. 도스토옙스키의 묘지는 자료가 있어 쉽게 찾을 수 있을 것 같았습니다. 하지만 당시엔 파스테르나크의 다차에 관한 상세한 자료를 구하기 어려웠습니다. 간신히 모스크바 근교 페레델키노의 숲속에 있다는 정보만 얻었습니다.

　모스크바에 도착하고 가장 먼저 파스테르나크의 숲속 다차를 찾아 나섰습니다. 지하철과 버스를 번갈아 갈아타면서 젊은이들에게 묻고 물어(러시아는 젊은이가 아니면 영어를 하는 이가 거의 없었습니다. 또 당시 우리는 지도 앱 사용을 하지 않았습니다) 찾아간 페레델키노에서 저는 좀 의아한 경험을 했습니다. 작가의 집필 활동이 이뤄졌고, 그가 생애의 마지막을 보낸 다차의 위치를 아는 사람이 별로 없었기 때문입니다. 노벨상을 받은, 러시아가 자랑할 만한 작가인데 말이지요. 페레델키노에만 가면 다차를 쉽게 찾을 수 있을 거라고 믿었는데 뜻밖이었습니다. 우리나라 같으면 세계적으로 유명한 작가의 집필지이며 사망지인 곳에 방문자를 위한 안내판은 물론 대대적인 홍보도 했을 것인데 말입니다.

결국 마을과 한참 떨어진 울창한 숲속에 숨은 다차를 정말 어렵게 찾아냈습니다. 녹색으로 칠해진 울타리 겸 대문이 다차의 입구였습니다. 입구 앞에는 A4 절반 정도 되는 크기의 코팅된 종이가 스테이플러로 고정돼 있었습니다. 자세히 보니 파스테르나크의 다차임을 알리는 문구가 적혀 있었습니다. 숙소에서 출발해 거의 다섯 시간 걸려 도착한 다차는 푸른 숲속에 고즈넉하게 자리하고 있었습니다. 작은 갈색 건물로 들어가는 좁은 오솔길이 너무도 고요했습니다.

다차에 들어서니 다차의 관리인으로 보이는 할머니와 아주머니가 반색하며 우리를 맞았습니다. 아마도 정말 오랜만에 방문객을 맞이하는 눈치였습니다. 우리는 안내에 따라 다차 안을 구경하기 시작했습니다. 1층의 작은 방에는 피아노가 놓여 있었습니다. 벽에는 작가가 직접 그린 자화상과 가족을 그린 그림이 걸려 있었습니다. 또 다른 방에는 그가 마지막 순간을 보낸 좁은 1인용 침대가 있었는데, 말린 꽃 화환이 그 위에 놓여 있었습니다.

좁은 계단을 올라 2층으로 가자 집필실이 있었습니다. 집필실에서 내려다본 숲은 고요하고 평화로웠습니다. 안

내하던 아주머니가 저에게 파스테르나크의 집필 책상 의
자에 앉기를 권했습니다. 저의 간절한 표정을 알아차린 게
지요. 한때 파스테르나크가 앉았던 의자에 앉아 손바닥
으로 그의 책상을 훑을 때 느꼈던 그 기쁨과 설렘은 지금
도 생생합니다. 집필실에서 한참을 머물다 1층으로 내려
가자 관리인 아주머니께서 저를 기다리고 있었습니다. 제
가 내려온 것을 본 그가 제게 물었습니다.

"파스테르나크는 당신에게 무엇입니까?"

제가 대답했습니다.

"저의 오랜 사랑입니다."

방명록에 제법 긴 문장을 남기고 그곳을 나왔을 때 그
뿌듯함과 기쁨은 말로 표현하기 어려웠습니다. 멀지 않은
작가 공동묘지에 그의 묘지가 있다고 했지만 돌아가면 밤
이 될 시간이라 정말 아쉽게도 발길을 돌려야 했습니다.

도스토옙스키의 묘지는 상트페테르부르크의 지하철을
타고 갔습니다. 묘지가 알렉산드르 넵스키 수도원 내의
공동묘원에 있어서 쉽게 찾았습니다. 묘원의 규모가 상당
했고, 작가와 음악가 등 다른 예술가들도 많이 안치돼 있
던 것으로 기억합니다. 흉상이 세워져 있는 도스토예프스

키의 묘지는 말끔히 정돈되고 단장돼 있었습니다. 젊은 시절 그토록 열광해 탐닉하던 작가의 묘지 앞에 서니 러시아에 온 목적이 다 이뤄진 듯 했습니다. 돌아가기 전 저는 그의 묘지 위에 있는 검은 흙을 한줌 집었습니다.

이후 우리는 상트페테르부르크에서 고리대금 전당포

노파와 그녀의 동생까지 살해하고, 열에 들뜬 라스콜리니 코프가 헤매던 네바 강가에서 흐린 노을을 봤습니다. 소냐의 설득에 참회하고 대지에 입을 맞추던 센나야 광장과 그의 다락방과 비슷한 방이 있을 법한 넵스키 거리의 뒷골목도 기웃거렸습니다. 도스토옙스키 박물관에도 들렀으나 수리 중을 알리는 벽보에 한 달 후 재개방한다고 쓰여 있어 아쉽게 발걸음을 돌렸습니다.

네팔 히말라야 안나푸르나 트래킹을 다녀온 것도 찬란한 기억으로 남아 있습니다. 지구상에서 가장 높은 산군 山群이 도열한 곳에 서니 설명하기 힘든 경이로움과 함께 우리가 얼마나 작은 존재인지를 새삼 깨달았습니다.

세 차례의 히말라야 트래킹을 다니며 가장 인상에 남았던 풍경은 다름 아닌 밤하늘의 별입니다. 안나푸르나 베이스캠프의 롯지에서 고산증으로 두통에 시달리던 저는 새벽 3시쯤 깨어 밖으로 나갔습니다. 그리고 롯지의 마당에 섰을 때 그만 깜짝 놀랐습니다. 머리 위에서 별들이 마치 꼬마전구를 켜둔 것처럼 반짝였습니다. 선명하게 흐르는 은하수는 황홀하고 놀라운 광경이었습니다. 순간, 수많은 별을 머리에 이고 서 있는 것 같은 중압감이 저를 짓눌렀습니다. 동시에 가슴을 울리는 벅찬 감동에 눈물이 솟구쳤습니다. 요즘도 밤하늘을 올려다 볼 때마다 그날 밤 안나푸르나 베이스캠프 롯지의 별들을 떠올립니다. 그 별빛만으로도 네팔 여행은 너무도 풍족했습니다.

히말라야의 랑탕과 헬람부 지역을 한 달 정도 걸었던 적도 있습니다. 트래킹 막바지 어느 마을에 당도했을 때 길가의 식당에서 비틀즈의 〈이메진〉을 듣던 그때를 또렷이 기억합니다. 당시 네팔은 왕정王政이었고 반정부 세력인 마오이스트와 내전이 한창이었습니다. 외국인에게는 양측 모두 제제나 간섭을 전혀 하지 않았으므로 여행이 불편하지 않았습니다만, 은연중에 살벌한 분위기가 느껴졌습니다. 제가 도착했던 마을 뒤편에도 군부대가 주둔 중이었습니다. 총을 든 군인 여럿이 경계 중이고 기관총이 거치된 망루가 공기를 무겁게 만들었습니다. 그런 상황에서 작은 식당에서 흘러나온 이 노래는 큰 감동이었습니다. 반전과 평화에 대한 내용을 담은 〈이메진〉은 제가 평소에도 아주 좋아한 노래입니다. 우연이었겠지만 당시 상황과 너무나 절묘하게 떨어지던 노래가 오래도록 기억에 남았습니다.

라오스 여행에서는 우리네 1960년, 1970년대의 눈동자들과 마주한 것이 좋았습니다. 우리는 이제 많이 잃어버린, 맑고 투명한 눈동자가 그곳에 있었습니다. 마치 타임머신을 타고 과거 여행을 하고 있는 듯했지요. 국가의 경제 규모가 상당하다는 것, 소득이 3만 불이 넘는다는 것, 고층 빌딩이 치솟고 초고속 인터넷망을 갖춘 것 등의 물질적인 풍요와 편리함이 과연 우리를 행복하게 하고 있는지를 되돌아보게 하는 곳이 라오스의 루앙프라방이었습니다.

세 차례의 라오스 여행에서 유심히 들여다 본 것은 그들이 살아가는 방식이었습니다. 여행객이 현지에서 상대하는 이들은 주로 숙박업소나, 식당, 여행사, 자전거 대여점, 찻집, 시장, 노점 등을 운영하는 자영업자가 많습니다. 라오스에서 자영업은 대부분 부모와 자식이 함께 운영한다고 합니다. 숙박업은 온 가족이 함께 운영하고, 자전거 대여점은 할아버지와 손자가 같이 운영하며, 찻집은 엄마와 딸이 운영하는 식입니다. 이런 운영 형태가 되다 보니 자연스레 부모가 하던 일을 자식이 물려받는다고 합니다.

라오스 사람들은 느긋하고 여유롭습니다. 적어도 제가

만났던 사람들은 그렇게 보였습니다. 그들은 긴장하는 법 없이 잘 웃습니다. 그래서 저까지 타국에서의 긴장을 풀고 그들의 맑은 눈동자를 마주하며 웃을 수 있었습니다. 낫과 망치가 그려진 붉은 깃발이 관공서에 펄럭이는 사회주의 정부지만, 사람들이 살아가는 모습은 우리와 크게 다르지 않다는 사실을 깨달았습니다.

이탈리아에서는 장엄한 로마시대를, 터키에서는 탄성을 자아내게 하는 풍광과 친절하고 낙천적인 사람들을, 뉴질랜드에서는 깨끗한 하늘과 아름다운 자연을, 인도에서는 치열하고도 원초적인 생명력을 보았습니다.

2020년 코로나19의 본격적인 대유행과 함께 우리의 여행은 잠시 멈췄습니다. 산골짜기의 긴 겨울을 보내는 동안 무료해진 심신을 낯선 땅 나들이로 활력을 되찾곤 했는데 무척 아쉽습니다. 코로나19가 잦아들고 세계가 어느 정도 안정을 찾으면 다시 계획을 세우고, 가고픈 곳을 찾을 것입니다. 가이드북을 구입하고 인터넷망을 뒤져야겠지요.

새로운, 낯선 땅에 발을 디디면 부르르 몸이 떨리는 전율을 느낍니다. 그 전율은 짜릿한 쾌감과 같습니다. 크리스티앙 자크의 《람세스》 1권에서 파라오 세티가 아들 람

세스에게 이런 말을 합니다.

"내 아들아, 하늘 위로 높이 나는 매가 돼 매의 날카로운 눈으로 세계와 존재를 꿰뚫어 보아라!"

매처럼 세계와 존재를 꿰뚫어 보는 통찰력을 갖기 위해 하늘 위로 높이 날고 싶습니다.

난로와 장작

겨울은 그야말로 동면의 계절입니다. 난로의 장작에 불을 지피고 그 타는 불꽃과 온기를 흠모하며 겨울을 보냅니다. 처음 이곳에 자리를 잡았을 때, 그러니까 가을에 집을 짓기 시작해서 겨울이 본격적으로 시작되는 12월 초 집이 완공돼 입주했을 때, 집안 거실에 설치한 난로에 불을 땠습니다. 꽤 괜찮은 난로를 설치하고 직경이 큰 연통을 지붕에 수직으로 올렸기 때문에 불은 잘 연소됐지만 처음부터 순조로운 출발은 아니었습니다. 제대로 마르지 않은 장작을 골라내는 눈도 없었고 요령도 없이 불을 피우려다 보니 애를 먹었습니다. 게다가 장작을 어떻게 마련할지 몰라 막막하기도 했습니다.

난로를 사용하던 초반, 등성이 너머 마을의 토박이에게 어디서 장작을 구하는지 물었습니다. 그는 자신의 나무를 사서 가져가라는 제안을 했습니다. 1미터 길이로 자른 나무라 옮기기도 좋다고 하니 거절할 이유가 없었습니다. 차까지 빌려와서 나무를 실으려는데 나무둥치 곳곳에 흰 구멍이 보였습니다. 이게 뭐냐고 물었더니 표고버섯 종균을 넣은 자리라고 했습니다. 멋모르고 가져온 나무는 생각보다 가벼워서 다루기 좋았지만 난로에 들어가니 삽시간에 탔습니다. 아니, 탔다기보다는 그냥 없어졌습니다. 알고 보니 표고버섯을 몇 년째 키운 나무라 버려야 하는 나무였던 겁니다. 황당한 일을 당했습니다. 앞으로 가까운 이웃으로 살 이에게 이런 짓을 한다는 게 도무지 이해가 되지 않아 한동안 좀 혼란스러웠습니다. 아랫동네 영감님이 가서 따지고 돈을 돌려받으라고 했지만 그만두었습니다. 눈앞의 이익에 눈을 질끈 감을 수 있는 사람과 굳이 말을 섞고 싶지 않았기 때문입니다. 그는 20년이 지난 지금도 제가 지나가면 아는 체 하며 말을 겁니다. 저는 손을 한번 드는 것으로 인사를 대신하고요. 물론 이웃 모두가 그런 이상한 이들은 아닙니다.

난로의 장작으로 참나무, 소나무, 낙엽송, 밤나무 등을 많이 사용했습니다. 나무마다 제 몸을 태우는 개성이 다릅니다. 참나무는 불길이 쉽게 제 몸에 옮겨오길 거부합니다. 그렇지만 불길이 온전히 옮겨지면 열정적으로 제 몸을 태웁니다. 끈기도 있고 오랫동안 열정을 멈추지 않습니다. 소나무는 금방 제 몸을 태웁니다. 작은 열정에 쉽게 감정 이입하는 사춘기 소년 같습니다. 하지만 그 열정을 그리 오래 간직하진 않습니다. 낙엽송도 소나무와 비슷합니다. 게다가 이 녀석은 숨겨둔, 잘 보이지 않는 가시를 숨기고 있어 장작으로 만들 때 작업자를 엄청 괴롭힙니다. 어설픈 장갑을 꼈다간 작업을 마친 뒤에 양손에 돋보기를 들이대고 가시 빼는 작업을 꼭 해야 합니다. 그래서 낙엽송은 목수들이 건축을 할 때 싫어하는 나무이기도 합니다. 마치 유리 섬유 같은 보이지 않는 가시가 자잘하게 박혀 여간 성가신 게 아니기 때문입니다. 밤나무는 유독 가스가 다른 나무보다 많아 어설픈 난로에서는 태우지 않는 것이 좋습니다. 그렇지만 화력은 꽤 좋은 편입니다. 박달나무는 오래 타서 좋은 장작감이지만 굉장히 귀한 나무라 자주 태울 수는 없습니다. 산벚나무는 거품과 수액이 많아 연기가 많이 납니다. 벌목업자에게서 특정한 한 종류의 나무가 아닌 '잡목'을 사게 되면 참 다양한 열정의 소진을 보게 됩니다.

저는 많이 알려지고 흔히 쓰는 참나무보다는 소나무나 낙엽송을 장작으로 선호합니다. 참나무는 불을 붙이기는 어렵지만 화력이 세고 오래 타므로 경제적이기도 하거니와, 자주 난로를 열어 장작을 넣어주는 수고가 덜하므로 장작감으로 사람들이 가장 좋아하는 나무입니다. 그렇지만 불이 빨리 붙지 않고, 또 오래 타므로 꺼지는 시간을 가늠하기 어렵습니다. 저는 잠자리에 들기 전 난로 속의 불이 꺼진 것을 봐야 안심하는 성격이라 꺼지는 시간을 짐작하기 용이한 소나무나 낙엽송을 좋아합니다. 소나무와 낙엽송은 빨리 불이 붙기도 하지만 꺼지는 타이밍을 짐작하기 쉽기 때문에 안심하고 잠들 수 있습니다. 또 추운 겨울 외출에서 돌아와 빨리 난로에 불을 붙이고 싶을 때도 소나무나 낙엽송이 사용하기 편리합니다. 장작으로 사용되는 나무는 그 밖에도 이름을 나열하기 어려울 만큼 많습니다.

장작불을 난로에서 요령껏 피우기 위해서는 적어도 서너 해 겨울을 보내야 합니다. 단순하고 쉬울 것 같지만 그

렇지 않습니다. 저는 장작에 불을 붙일 때 가스 토치를 최
소한만 사용합니다. 먼저 가을에 미리 충분히 준비해 둔
작은 나뭇가지를 아래에 놓습니다. 그리고 그 위에 장작
두세 개를 올리고 가스 토치로 가지들에 불을 붙입니다.
연기가 조금만 나도록 불을 피우는 것이 요령입니다. 저는
직경이 큰 연통을 지붕에 일직선으로 설치했기 때문에 실
내에는 연기가 전혀 나오지 않습니다. 연통이 마치 모터를
설치한 것처럼 연기를 빨아올립니다.

집을 다 짓고 난 뒤 난로를 설치하기에 지붕을 건드리
기 싫은 이도 있을 것입니다. 그러나 연통을 지붕을 뚫어
직선으로 올리지 않고, 니은자 모양으로 꺾어 설치하면 직

선인 연통보다 문제가 많이 생길 수 있습니다. 연통의 수평 부분에 진득한 나무 진(목초액)이 쌓이게 되고, 연기를 바깥으로 빨아내는 힘도 훨씬 약해지기 때문입니다. 이런 이유로 나무 진 채취를 위해 일부러 연통을 수직으로 설치하지 않는 경우도 있습니다. 요즘은 지붕 방수 공사를 완벽히 하는 자재가 다양하게 나와 있으므로 지붕에 구멍을 내는 데 걱정하지 않아도 됩니다. 우리집의 경우 연통을 설치한 지 20년이 넘었지만 지붕 방수에 문제가 생긴 적은 없습니다.

난로의 따뜻한 불빛을 보면서 겨울 낮 책을 읽는 것은 이런 산골이 아니면 누릴 수 없는 호사입니다. 그렇지만 호사를 누리려면 꽤 많은 노동을 해야 합니다. 먼저 벌목업자나 산림 조합에서 약 2미터의 목재를 운반비를 포함해 구입해야 합니다. 이후 뒷마당에 나무가 도착하면 일주일 정도 걸려 장작 만들기를 합니다. 전기톱으로 둥근 목재를 30~40센티미터 정도로 자르고, 자른 토막 통나무를 도끼질해서 쪼갭니다. 너무 잘게 자르면 빨리 타버리므로 난로에 넣을 수 있을 정도의 굵지 않은 크기로 적당히 쪼갭니다. 작업을 끝낸 장작은 현관 옆 장작 보관하는 곳에 쌓습니다. 우리의 경우, 겨울철 난방을 거의 난로에 의

존하므로 3톤 정도의 목재를 쌓아야 합니다. 난로를 그냥 멋과 분위기 조성용으로 설치해서 가끔 이용하는 집보다는 장작이 몇 배 많이 듭니다. 한 해 겨울을 나려면 일주일 정도 작업해야 하는데, 쉬엄쉬엄 일하지만 노동 자체의 강도가 세서 고됩니다. 하지만 장작 만들기는 묘한 쾌감을 동반합니다. 미리 전기톱으로 자른 통나무를 도끼를 들어 쪼개면 쫙! 하고 나무가 벌어지는 순간의 재미가 좋습니다. 기분 좋은 노동입니다.

사람들에게 가끔 "벤 지 얼마 되지 않은 생나무와 잘 마른 나무 중 어느 것이 도끼질이 잘 될까요?"라고 물으면 대개 "잘 마른 나무"라고 답합니다. 아닙니다. 생나무가 잘 쪼개집니다. 보통 장작 만들기는 3월 초, 중순에 시작합니다. 8개월 정도 시간이 흘러야 쌓아놓은 장작이 잘 말라서 11월부터 쓸 수 있습니다. 게으름을 부리거나 목재 구입에 문제가 생겨 늦어지면 벌목한 지 몇 개월 된 목재를 주문하는 것이 좋습니다. 그래야 제때 사용할 수 있기 때문입니다.

참나무는 몹시 무거워 작업하기 힘든 수종이지만 도끼빨(우리는 그렇게 부릅니다)이 잘 먹어 쫙! 하고 쪼개지는 품새가 명쾌한 쾌감을 선사합니다. 요즘엔 유압 장치를 사용해 장작을 쪼개는 기계가 시장에 나왔습니다. 토막 통나무를 기계에 눕혀 놓고 작동시키면 유압으로 쪼개는 기계입니다. 크기도 그리 크지 않고 무겁지 않아 승용차 트렁크에 실을 수 있으므로 도끼질이 서툰 이가 사용하기 좋습니다. 다만 호쾌한 도끼질을 즐기는 이에게는 필요 없는 물건입니다. 어떻든 토막 통나무를 자르는 작업은 어차피 해야 합니다.

장작에 불을 붙이는 것은 얼마 지나지 않아 익숙해졌습니다. 난로는 묘한 물건입니다. 처음 불이 붙기 시작하면 희미한 연기가 피어오릅니다. 덜 말린 장작에서 부글거리며 거품이 나오면 슬슬 열기가 느껴지기 시작합니다. 진득한 거품이 재 위에 떨어지고 본격적으로 불이 기세를 키웁니다. 열에 견딜 수 있는 유리판 너머로 타는 장작이 잘 보이므로 눈은 불길을 주시하며 잠시 멍한 상태에 빠집니다. 불길은 계속 시선을 붙들어 두는 마력이 있습니다. 멍하고 몽롱한 상태에서 한참 헤매다 문득 정신이 들면 방 안은 어느새 온기로 가득 차 있습니다. 창밖엔 새하얀 눈이 깔려 있거나, 어느 땐 지나가는 바람에 마른 가지가 오들오들 떠는 게 보입니다. 난로 옆에 있으면 보호 받고 있는 안도감과 함께 아련한 기분이 돼서 새삼 옛 기억이 나고 괜한 감상에 빠지기도 합니다. 긴장감이라곤 없이 나른해진 몸으로 만끽하는 안온한 휴식은 난로에 불을 피우며 얻는 행복입니다.

그래도
시골

한 해는 들깨 모종을 많이 심었습니다. 들깨는 잘 자라 열매가 꽤 실하게 맺혔습니다. 가을에 들깨 잎이 노랗게 말라가면 줄기를 베어서 단을 묶어 말립니다. 잘 마른 들깨단은 날씨 맑은 가을 날 천막 깔개 위에 놓고 작대기로 털면 우수수 들깨 알이 떨어집니다. 껍질과 마른 잎들을 골라내면 거뭇한 들깨가 천막 깔개 위에 소복합니다. 다시 자잘한 이물질을 걸러내고 큰 대야에 옮겨 담으니 들깨가 한가득입니다. 흐뭇합니다. 그때의 만족감은 비길 바 없는 굉장한 기쁨입니다. 수십 년 농사일을 하며 힘든 노동에 진저리를 치면서도 농부들이 계속해서 농사를 짓는 이유는 결실을 거둘 때 맞이하는 희열의 순간 때문이 아닌가 합니다.

긴 겨울이 아직도 끝나지 않았음을 앙탈하는 시기에 생강나무에서 노란 꽃이 피어납니다. "아! 이제 봄이 오려나 보다" 하고 생각하는 시기가 지나면 사방에서 꽃이 피어납니다. 이름 모를 꽃들이 산골을 수놓습니다. 긴 겨울을 지낸 뒤 맞이하는 시골의 봄은 소중합니다. 특히 우리는 벚꽃에게 많은 위안을 받습니다. 읍에서 18킬로미터쯤 떨어져 있는 우리집은 국도변에 벚나무가 심어져 있어 벚꽃놀이를 굳이 가야 할 필요가 없습니다. 읍에서 집까지는 서서히 고도가 높아지기 때문에 거리에 따라 꽃이 피는 속도가 조금씩 다릅니다. 꽃은 세 단계 정도로 나뉘어 피는데, 읍에서 7~8킬로미터 떨어진 지점에서 꽃이 피기 시작하면 10킬로미터쯤에 꽃망울이 달리고, 우리집 근처에는 나뭇가지가 붉은 기운을 띠기 시작합니다. 덕분에 벚꽃이 피는 기간은 일주일인데 3주 정도 계속 꽃을 볼 수 있습니다.

4월에서 5월로 이어지는 계절의 시골은 눈부시게 찬란합니다. 특히 낙엽송의 연두색 잎이 일제히 나오기 시작하면 온 세상이 따뜻해지는 것처럼 포근합니다. 5월엔 집 앞에 마가렛이 가득 핍니다. 어느 날 햇살이 너무 좋아 바깥을 내다보니 미풍에 마가렛 꽃대가 살랑살랑 흔들리고 있었습니다. "너무 좋아! 따뜻한 바람이 너무 좋아!" 마가렛이 마치 햇살을 받고 기뻐하는 것처럼 보였습니다. 5월의 햇살은 모든 생명에게 마치 폭포수 같은 축복을 내리는 것 같습니다. 6월에는 철쭉이 만개합니다. 수많은 붉은 꽃들이 서로 다투며 얼굴을 내밀어 가지와 잎들이 보이지 않을 정도입니다. 철쭉은 합창을 하며 생명을 찬양하는 듯이 보입니다. 귀촌해 사는 동안 새로운 희열을 느끼고 즐기며 저는 이전의 제가 엉터리로 자연을, 사물을 즐겼다고 생각합니다.

가을의 단풍도 가히 황홀합니다. 도시에 살면서 가끔 나들이해서 보는 단풍도 근사했지만, 집 주변의 단풍은 매일 볼 수 있어 더욱 좋습니다. 산골에 내리는 겨울의 눈은 도시의 눈과 다릅니다. 숲과 관목에 얹힌 눈은 마치 다른 세상의 한복판에 온 듯한 착각을 하게 합니다. 하지만 눈이 녹고 난 뒤에 드러난 누른 풀과 숲을 보면 황량해서 따뜻한 나라에 잠시 머물 때도 있습니다. 난로에 불을 지펴 따뜻한 온기 속에서 책을 읽는 시기이기도 합니다. 저와 마찬가지로 할 일이 없는 이웃과 나들이하는 철이기도 하지요.

제가 가장 좋아하는 자연 풍경은, 봄과 여름 아침 일찍 일어나 밭으로 나갔을 때 햇살을 받아 피어오르는 수증기가 작물 위에 어른거리는 모습입니다. 채소를 비롯한 작물이 싱싱한 푸른 색감을 빛내며 마치 생명의 기운을 공중에 뿜어내고 있는 것 같습니다. 황홀합니다. 농사일을 하고 있다는 자체가 기분 좋아지는 순간입니다. 자연 속에서 도시생활을 하며 가졌던 까닭 모를 죄의식에서도 차차 벗어났습니다.

창고에서 뭔가를 만들고 있다가 문득 숲속에 떨어지는 햇살을 볼 때, 절로 감탄이 새어 나옵니다. 가을이면 햇살이 더욱 아름답습니다. 어느 늦은 오후, "오늘 일은 여기까지" 하며 작업을 마친 뒤 단풍진 나무들 사이로 스며든 햇살을 봤습니다. 어찌나 눈부시던지요. 즐겁게 일을 마친 뒤에 만난 햇살이라 더 귀하게 여겨졌습니다.

집 주변에는 들꽃이 많이 핍니다. 달맞이꽃, 엉겅퀴, 산수국, 며느리밑씻개, 구절초, 애기똥풀, 국화, 이름 모를 꽃들까지. 형형색색의 꽃이 계절별로 피어납니다. 화려하지는 않지만 짙은 향기로 자신의 존재를 뽐내는 작은 꽃들이 주변에 무수하게 피어있습니다. 가을 국화는 조금 채취해 냉동실에 얼렸다가 겨울에 따뜻한 물에 띄워 마십니다. 녹아서 다시 피어나는 꽃을 보면 꽃이 피었을 무렵이 다시금 머릿속에 떠오릅니다.

봄이 찾아와 매화가 피기 시작하면 뒷마당은 벌들의 분주한 날갯짓으로 온종일 붕붕거리는 소리가 들려옵니다. 한 가지 걱정스러운 점은 7년 전쯤부터 그 소리가 잘 들리지 않는다는 것입니다. 그러다보니 매화가 진 후 매실이 잘 열리지 않습니다. 매실 수확량은 20~30퍼센트 정도로 떨어졌습니다. 벌들이 왜 없어졌는지, 왜 돌아 오지 않는지는 저로서는 알 수 없지만 최근의 생태 환경 변화 탓이 아닌가 합니다. 온난화로 인한 변화를 실감합니다.

하루는 좁고 낮은 수로에 무심코 시선을 돌리다가 똬리를 틀고 앉은 뱀을 봤습니다. 똬리 안에는 아주 작은 개구리가 있었습니다. 뱀은 개구리를 막 삼키려는 중입니다. 뱀이 개구리를 점심 식사로 장만한 모양인데 괜한 오지랖이 발동해 모래흙을 한줌 쥐어 뿌렸습니다. 그러자 이 녀석이 똬리를 풀고 움직였고 그 바람에 풀려난 개구리가 폴짝 뛰어 수로 밖으로 도망갔습니다. 뱀은 고개를 들어 제 쪽을 보더니 수로 속으로 사라졌습니다. 또 어느 날은 산책에서 돌아오는 도중 개구리 한 마리가 유달리 높이 뛰며 가고 있기에 영문을 살펴보니 뱀에게 쫓기고 있었습니다. 녀석들의 쫓고 쫓기는 활극이 어찌 됐는지 알 수 없지만 그걸 방해하지 못한 걸 아쉬워했습니다. 한편으론 그런 오지랖을 부리고 나면 후회하곤 합니다. 뱀에게 간섭할 권리는 제게 없으니 말입니다.

사실 우리는 시골생활을 하면서 본의 아니게 살아 있는 것들에 대해 간섭하고 해를 가하기도 하며 심지어 죽이기까지 합니다. 밭일을 하다가 짝짓기 중인 메뚜기를 건드려 화들짝 놀라게 하고, 개미집을 건드려 개미들을 혼비백산하게 만들며, 지렁이를 호미로 찍어 죽이는 실수도 합니다. 도시생활에서보다 훨씬 많은 생명에게 해를 끼칩니다. 여름철 차를 몰고 집을 나서면 길에 종종 희미한 줄이 길게 가로로 놓인 광경을 봅니다. 자세히 살펴보다가 작은 개미의 대이동이라는 사실을 알게 됐습니다. 녀석들이 대체 왜 길을 가로질러 이동하는지는 모르겠지만 여름날엔 흔한 일입니다. 차를 세우고 그 행렬이 끝나길 기다렸다간 하루 종일 움직이지 못합니다. 보지 못하고 그냥 지나갔을 때도 있을 테고, 에라 모르겠다하고 지나간 적도 있습니다. 이주 초기에는 독사가 나타나면 작대기로 쳐서 몇 마리를 죽이기도 했습니다. 그렇게 하면 오랫동안 마음이 뒤숭숭해서 요즘은 죽이지 않고, 집게로 집어 계곡 아래로 보냅니다.

일본 영화 《모리가 있는 곳》은 모리라는 서양화가가 30년 동안 집 밖을 나서지 않고 정원에만 있으면서 그곳의 식물과 곤충 등 생물을 관찰하며 일생을 보내는 이야기입니다. 주인공은 자신의 정원이 하나의 우주인 양 그 속에서 아름다움을 찾습니다. 찾아오는 이웃과의 교류 외에는 외출도 일절 하지 않으며 자신의 작은 우주 속에 몰입합니다. 어찌 보면 지나치리만큼 자신의 주변과 가까운 사물에 집착하는 모리지만 그는 그런 자신의 행위로 거의 완벽하게 자연과 일체가 됩니다. 저는 영화를 보면서 화가 모리가 만끽하는 자연과, 사물에 대한 관찰과 탐닉은 눈여겨볼 게 많다고 여겼습니다. 작은 우주(아니, 전 우주인지도) 속을 완벽히 즐기는 모리는, 어쩌면 먼 거리를 떠돌며 여행하는 탐험가보다 훨씬 완벽히 자연을 이해했는지도 모를 일입니다.

이주를 위한 집짓기가 거의 끝날 무렵, 저에게는 고민

하나가 생겼습니다. 현관에서 8미터쯤 떨어진 밭 중앙에 위치한 묘지가 계속 마음에 걸렸던 것입니다. 건축이 완료되고 나서도 묘지는 그대로였습니다. 현관문을 열고 나가면 묘지와 마주치곤 했습니다. 저 묘지가 이장돼야 마음 편히 살 수 있을 것 같다고 생각했을 무렵, 어머님이 오셨습니다. 아니나 다를까 어머님 눈에도 묘지부터 들어온 모양입니다. 노인네의 걱정이 하루 종일 끊임없었습니다.

저녁 해질 무렵, 저는 무덤가에 가서 누웠습니다. 한참을 누워 어두워진 하늘을 바라보다가 잠깐 졸기까지 했습니다. 누워 있는 내내 평온했고, 머릿속에서는 어떤 수상쩍은 망상이나 어수선한 감정을 느낄 수 없었습니다. 깜깜한 밤하늘 아래의 묘지 옆은 뭐, 그런대로 편안했습니다. 이쯤 되면 살아가는 데 별 문제가 없겠다고 생각했습니다.

이장할 때까지 봉분을 말끔히 단장하기로 마음먹었습니다. 일체유심조一切唯心造, 마음먹기 나름입니다.

Park JK. 2019

작은 차이를
발견할 수 있다면

자동차로 한 시간 거리에 전남 구례 5일장이 있습니다. 매주 돌아오는 3일과 8일에 서는 장으로 정말 없는 게 없는 5일장입니다. 봄나물이 사방에 널렸고 뻥튀기 기계는 쉴 새 없이 돌아가며 펑펑거립니다. 온실에서 키운 수십 가지 화초가 꽃망울을 달고 장마당에서 새 주인을 기다립니다. 5일장에 가는 날이면 팥죽을 사먹고 달콤한 호떡도 맛봅니다. 구례시장의 사람들 얼굴이 선량하게 빛납니다. 기분이 좋습니다.

봄나물 몇 가지와 과자 한 봉지를 사서 집으로 돌아옵니다. 꽃잎이 거의 떨어진 구례와 달리 우리집의 벚꽃은 한창입니다. 잔디밭은 살구 꽃잎이 우박이 내린 듯 떨어져 하얗게 깔려 있습니다. 이제 막 피기 시작한 명자꽃이 붉은 몽우리를 터뜨리고 천리향도 벌써 몇 송이 얼굴을 내밀고 해당화는 꽃망울이 빨갛게 나와 있습니다. 작년의 단풍잎은 새로 나온 새순에 밀려 이제야 마른 잎이 떨어집니다. 낙엽송은 일제히 연두색 잎이 돋아나 집의 배경이 됩니다. 떨어지는 살구꽃잎이 봄바람에 날려 어깨 위에 내려앉습니다. 늦은 오후 축복처럼 내리는 4월의 햇빛이 벚꽃 가지 사이에서 눈부십니다. 우리집은 벚꽃과 살구꽃, 연두의 낙엽송에 둘러싸여 눈부시게 아름답습니다. 참으로 찬란한 계절입니다.

하지만 다른 이에게도 이곳이 천국이기만 할까요?

담장을 지나 골목 어귀로 들어서는 순간, 90도로 구부러진 허리 때문에 어린애처럼 자그마한 할머니의 뒷모습을 발견합니다. 물끄러미 바라보는 할머니의 눈동자 속은 도무지 깊이를 알 수 없는 고독의 심연 같습니다. 예기치 않게 깊은 우물 속을 들여다 본 것 같습니다. 한동안 할머니의 고독에 전염된 기분이 들었습니다.

적막한 동네는 햇빛 속에서 나른합니다. 그리 달갑지만

은 않은 고요입니다. 어떤 이는 고요에 감사하겠지만 어떤 이에게는 몸서리치는 따분함과 적막이 돼 나중엔 적막을 저주하게 될 수도 있습니다. 결국 그 고요와 적막에 적응하지 못하고 불안정한 상태가 돼 이곳을 빠져 나가려 할 것입니다.

잘 선택해야 합니다. 내 성향은, 성정은 정말 어떤 것인지 깊이 생각해야 합니다. 시골이 내게 무엇을 줄 것인가를 들여다보기 전에, 내가 시골에 자연스레 물들어갈 수 있을지, 고요와 적막 속에 안도하며 행복할 수 있는 사람인지를 냉정하게 숙고하는 자세가 필요합니다.

세상 어느 곳이나 사람이 살아가는 방식은 비슷합니다. 뭐 특별할 것이 없지요. 하지만 작은 차이들이 존재하고 그 작은 차이가 많은 것을 좌우하기도 합니다. 행복할 수도, 견딜 수 없이 괴로운 일상이 될 수도…….

결국 선택의 문제입니다.

시골살이, 모든 삶이 기적인 것처럼
- 귀촌과 심플라이프를 꿈꾸다

초판 펴낸날 | 2023년 8월 15일
글 · 그림 | 박중기

펴낸곳 | 소동
등록 | 2002년 1월 14일(제 19-0170)
주소 | 경기도 파주시 돌곶이길 178-23
전화 | 031 955 6202 070 7796 6202
팩스 | 031 955 6206
페이스북 | https://www.facebook.com/sodongbook
전자우편 | sodongbook@gmail.com

펴낸이 | 김남기
편집 | 하지현
디자인 · 표지 그림 | 김선미
마케팅 | 남규조

ISBN 979 11 93193 01 3   03810